止住沖晴君的淚

沖晴くんの涙を殺して

Nukaga Mio
額賀澪

侯萱憶 譯

目次

第一章

死神施加詛咒
志津川沖晴喜笑顏開

踊場京香的葬禮選在階梯鎮山頂附近的小殯儀館裡舉行。

一般的葬禮，多半是充斥著黑、白，既冰冷又乏味的顏色。她的葬禮卻出人意料地擺滿了鮮花，整個殯儀館持續散發著宜人的芳香。就好似四季不分春夏秋冬，所有季節味道皆為她聚集於此。

主祭人是京香的外祖母，沖晴曾受過她諸多照顧。

「不僅先生早逝，連女兒、孫女都比自己先走了一步，真是可憐啊。」

「她都七十三歲了，應該很寂寞吧。」

會場中傳來了以上的對話聲。

「舞池咖啡應該也會歇業了吧。」

此時有其他人加入了話題。

離開殯儀館時，裝飾入口處的大朵向日葵映入眼簾。這花看起來與葬禮的氣氛格格不入。大大的花朵，朝氣十足，整體閃耀著光芒。

此時志津川沖晴伸手拔採，也不會有人怪罪。

其實他並不特別鍾愛向日葵，甚至根本對花卉一無所知。只不過，當他回想起京香，不自覺就有了想摘採夏日花卉的想法。

離開殯儀館，可以清楚地看見海。和沖晴的故鄉相比，階梯鎮的海比較沒那麼遼闊。面上可見幾座大島嶼，島與島之間架著橋梁以利往來。在這裡看不到一望無際的海洋，有時候甚至會讓他分不清楚這是巨大的河川？還是湖泊或池塘？

或許正因如此，他才能覺得安心，或許只要留在這裡，他便不會再失去任何事物。

他抬起頭仰望天空，一隻海鷗正在飛翔。似乎是抱著向日葵呆站著的沖晴驚擾了牠，牠才振翅飛向天空。

去看看那個初次見面時，被她推落海中的地點吧。沖晴這麼想著。

這個城鎮，出乎意料地大。

闊別四年的故鄉，從東京搭乘新幹線需花費三個半小時，接著還得轉乘在地鐵路與巴士，踊場京香不禁想，這個城鎮遠比自己所想的來得有存在感。這裡是自己的出生地，隨著自己長大成人，城鎮看起來不是應該越來越小嗎？說不定，是自己越變越小了。比起高中、大學時期來得小多了。

京香在巴士站抬頭看著沿著山地蜿蜒而上，那有如階梯一般的街道。京香深呼吸了一口氣。街道看起來比記憶中的更大、更寬闊，色彩既豐富又濃烈。包括氣味、空氣等等，各種感受都很強烈。

這裡是階梯鎮，高中畢業之前，京香一直住在這裡。鎮如其名，這個鎮上到處都是階梯和坡道。北邊面山，南邊靠海，沒什麼平地。住家大多建在靠山這一側的斜坡土地上，階梯和坡道縝密地蜿蜒在各個建築物之間，形成一種奇妙的構造。

離告知外祖母的抵達時刻，還有一些時間。當她正要走上通往老家的階梯及坡道前，海風的氣氛撲鼻而來，令她突然想要近距離地看看海。

京香委託搬家業者運送所有的行李，她僅揹著一個小的後背包搭乘新幹線。她的腰因長時間採取相同坐姿坐著而疼痛，做了個大幅度的伸展後，接著她往和老家反方向——海的方向走去。

步行約五分鐘後，熟悉的渡輪港口映入她的眼中。停在這個港口的渡輪，是連結鎮上與對岸島嶼的交通工具。小時候，每次和外祖母外出購物時，都會順便來這裡看看，她最愛朝著渡輪揮手；她喜歡渡輪甲板上的人們也對著自己揮手的感覺，於是就揮得更起勁。這大約是京香大概三、四歲時的記憶，也是她擁有的回憶中，時間最早的畫面。

京香坐在堤防上看著由對岸出發的渡輪朝自己行駛而來。白色的渡輪漸駛漸近，甲板上人們的臉龐也逐漸清晰。不過她沒有勇氣朝他們揮手。她的雙手支在膝蓋上托著腮，閉上雙眼。

已經好久沒有這樣無所事事地揮霍光陰了。

京香去東京讀完大學後，留在東京成為音樂老師。她每天忙於授課、擔任級任老師和社團顧問，一晃眼就過了四年，這段期間她從未回過老家。日子雖然忙碌，卻也過得相當充實，工作充滿成就感。

最後換來僅剩一年壽命，這個代價未免也太大了。

聽見海鷗的叫聲，京香睜開眼睛。一隻白海鷗掠過京香身邊，近得似乎可以感受牠拍動翅膀所引起的風壓，比她預期中的距離近得多。

京香看看手錶，離約定的時間還有十分鐘左右。她心想，如果遲到的話，外祖母會擔心的。回程時順便去附近的福野屋買些鯛魚燒吧。之前還住在階梯鎮的時候，每次放學回家，客廳桌上總是會出現這家店的鯛魚燒，即使放涼了也很好吃。

京香做好打算，準備從堤防離開時。

方才從京香頭上掠過的海鷗，正盤旋在突出於海面上的防波堤上空，宛如有人操控一般，俐落地繞著橢圓形飛行。

有一個穿著制服的男孩站在海鷗的正下方。

他身上所穿的深灰色西裝外套，是京香的母校——市立階梯高中的制服。階梯高中在階梯鎮內的山頂位置，學生們必須先爬好漢坡及樓梯，才能抵達學校。

他獨自站在空無一人的防波堤前端。風吹動著他的黑髮，那孩子究竟在那裡站了多久呢？看著男孩動也不動的背影，京香也靜止不動地凝視著他。

過了五分鐘，他依舊毫無動靜，於是京香加快腳步走向防波堤前端。海鷗依然在他的頭上不停盤旋。

——等等，他該不會想要往下跳吧。

京香口中喃喃唸著，一方面悄悄地、迅速地往男孩方向趕去。

「孩子！」

你在那裡做什麼？正當京香把他當成自己的學生，想要繼續詢問下去時，男孩突然轉頭看向了她。手上不知道為什麼拿著京香稍後打算前往購買的福野屋鯛魚燒。

就在那一刻，持續盤旋在他頭上的海鷗突然急速下降，咬了他手中毫無防備的鯛魚燒，翅膀揮動的力道，足以讓人感受到風壓。「哦哦——」他發出驚嘆聲，興奮地睜大了雙眼。

因為受到海鷗突如其來的衝撞，男孩的皮鞋在水泥堤防邊緣滑了一下，深灰色的西裝外套，瞬間消失於京香的視線之外。過沒幾秒鐘，京香聽見一聲「撲通」的水聲。

「……是我害他掉下去的嗎？」

京香下意識脫口而出，接著朝防波堤前端跑去。她緊抓著水泥的邊緣往下探，看見男孩正漂浮在色如碧璽、輕浪微波的海面上。

他仰躺著，靜靜地凝視著天空。

「你、你沒事吧？」

聽見京香的詢問聲，男孩慢慢眨著眼，那雙清澈的黑瞳慢慢地看向京香。但很快地，海面上映著剛剛飛過的海鷗倒影，他的視線又轉向了海鷗。

緊接著傳來他的笑聲。「哈哈」兩聲，音量雖低，卻感覺突破了天際——就像積雨雲（夏天的積雨雲）劃破天空那般。

「牠偷走了我的鯛魚燒。」

「……你說什麼？」

「我只吃了兩口，好不容易才咬到有卡士達醬的地方耶！」他仰躺在海面上，隨波浪浮沉。他接下去說道：

「那隻海鷗會不會也是卡士達愛好者呢？那跟我口味很合耶，我們應該可以成為好朋友喔。」

如果放著不管的話，他恐怕會一直保持這個狀態。「喂！」京香高聲打斷他繼續自言自語。

「好了，你趕快上來吧！」

「好——」他回應之後，終於變換姿勢。明明身上的衣服泡過水後，應該會變得笨重，他卻一派輕鬆地游起了自由式，他的泳姿媲美游泳選手，在水中宛如海豚或鯊魚般悠然自得。京香一直注視著他，同時也抱著他的書包朝他靠近。

他從停滿快艇、小船的私人船隻停靠處走上陸地後，若無其事地脫下身上的外套，在京香面前，像擰抹布般地擰著自己的外套。

他的左手臂被血染得通紅，京香不禁驚呼出聲。出血的位置在左手肘附近，應該是落海時撞到了海岸壁吧。外套每次滴水，鮮血就沿著他的手臂跟著滴落下來。

「別管制服了，快想辦法處理你手臂上的傷，快點！」

京香拉過他的手臂，將襯衫袖口往上捲。看到裂開的皮膚，她壓抑住想後退的心情，卸下身上的後背包。背包裡雖然有OK繃，但感覺止不住血，手邊只剩大條手帕可以用來止血。

「來，手臂伸過來一點。」

男孩看見京香手中的手帕後，便像小狗練習握手般地朝她伸出自己的左手臂。明明血流如注，他臉上依舊露出平靜的微笑。

「這傷口很深呢，你不痛嗎？」
「很痛啊。」
他點點頭，臉上的笑容依舊；開朗的、無憂無慮的、健康的笑容。
其實傷口應該先清洗消毒，但事態緊急，京香先把手帕蓋在傷口上，再用力纏緊。
「這傷口得縫合才行，你還是去趟醫院比較好喔。」
「什麼——不用啦，等一下就會好了。」
「不，這不會好，為什麼你認為這麼嚴重的傷會立刻痊癒呢？」
實際上京香剛剛纏好的手帕上已經滲出了血跡。
「這會自己好起來的。」
他抱著吸飽水呈現黑色的外套。「所以不用擔心。」他笑著從京香手裡搶過自己的書包。看著他的表情，完全感覺不到他受傷如此嚴重。
「謝謝妳的手帕。如果過陣子，我們有緣相見的話，我一定會回禮的。」

他朝京香揮動包著手帕的手臂後便轉身離開。從他頭髮甩下的水滴，還濺到了京香的鼻子上。

「那麼，再見了。」

他離開時的背影彷彿尖叫說著：「再不離開，就要被這個多管閒事的人帶去醫院了！」

他奔跑時的腳步，節奏流暢且速度飛快，是腳程快的人跑步的方式。「感覺比班上的田徑部王牌跑得快」。京香不經意想起之前帶過的班級。不一會兒，他的蹤影便消失於京香視線之外。

所有乘客下船後，渡輪再度離港駛向對岸。

離開港口往山邊前進，跨越平交道，當狹長的街道開始出現斜度後，便抵達了階梯鎮。走上水泥建成的樓梯，當以為階梯之後會接著出現平坦的道路時，卻出現更斜的斜坡，走完斜坡是石階梯，再來則是紅磚階梯。街道兩旁有現代風格的鉛筆屋，也有屋齡八十年以上的傳統日式房屋（古民家），旁邊能看見有磚瓦蓋成的西洋式建築，對面則有一座寺廟。

或許因為城鎮結構特殊，想要建造新房子是一大難事，才會讓大家更珍惜地使用既有的建築，因此形成了如此新舊交錯的街景。那又為什麼會和洋風情交融呢？應該是靠近港口的緣故吧。

持續走在自小就熟悉親近的街道上，磚瓦階梯的盡頭，是一道由石頭建成的拱門，季節接近夏季，門的周圍覆滿了各種各樣的植物，感覺像是茂密森林的入口。旁邊有隻正在睡午覺的流浪貓。這座城鎮，不知道為什麼貓咪特別多，可能也是因為鄰近港口的關係吧。

擺放在門旁邊的「舞池咖啡館」招牌，其樣式和四年前已不相同。

屋齡五十年以上，樓高二層的西式建築，其中一方區域改成了咖啡館。砂漿牆面攀爬了許多地錦，無限延伸至三角屋頂上，別具風韻的畫面，京香從小就很喜歡。

咖啡館的位置正好在階梯鎮的中心，看起來像是舞池的地方，正是京香的老家。

打開咖啡館大門，門上的鈴鐺發出清亮聲響，這鈴聲還是和以前一樣。

「我回來了。」

店裡冷冷清清，只坐著一位多年熟客。香甜清爽的紅茶香味，瀰漫在恬靜悠閒的咖啡館中。

「京香，妳回來啦。」

坐在吧檯的熟客藤卷先生手中拿著厚重的書，抬起頭來笑著對京香打招呼。他蓄了一把雪白長鬚跟著輕晃，彷彿從故事的世界裡跳了出來。

「星子老闆娘，京香回來嘍！」

藤卷先生朝店內叫喚，隨著一聲年事雖高卻宏亮的嚴謹回應，外祖母走到了吧檯旁。

外祖母的白襯衫上套著黑色咖啡師圍裙，一頭白髮剪成了鮑伯頭造型，上面夾著一支鳥羽形狀的金屬髮夾，怎麼看都不像七十二歲高齡。

「回來啦，時間晚了點呢。」

附近鄰居的孩子們，似乎稱呼外祖母為「黑魔女」。

「要喝點什麼嗎？」她手上拿著紅茶壺詢問京香。

「冰紅茶好嗎？」

「不了，我想喝熱的。」

「是喔。」

這種聽起來不帶任何感情的平淡回應，是京香所熟知的外祖母個性。外祖母還和從前一樣，京香覺得放心多了。

京香坐在離藤卷先生不遠的位置，久違地看著外祖母沖泡紅茶的樣子。

外祖母頭頂上掛著一盞用彩繪玻璃製成的吊燈，由藍、白、黃的色玻璃製成的圓形燈具，流瀉的光線照在外祖母的白襯衫上，透著淡淡的藍色。

舞池咖啡館不大，只有五個吧檯座位及三張桌子，黑亮的天花板上，吊掛著數盞吊燈。

外祖母將煮滾的水直接倒進陶製茶壺中後，和鑲著金邊的杯子一起端到京香面前。

「要不要檸檬或牛奶？」

「今天喝原味就好。」

「砂糖呢？」

「加一點好了。」

外祖母將裝著方糖的糖罐放在京香面前。明明已經四年多沒有這樣面對面交談了，感覺卻像這幾天才和外祖母一起喝過紅茶。

不過，如果她是那種會覺得孫女身體狀況「好可憐」而哭哭啼啼的外祖母，京香覺得自己應該就不會選擇回來階梯鎮。

京香在杯中倒入紅茶。已經離世的外祖父告訴京香，用陶製茶壺沖泡，會使紅茶味道變得醇厚。這家舞池咖啡館也是由熱愛紅茶的外祖父所開業，現在則是外祖母一人獨掌大局。

京香在杯中放入一顆方糖後，將紅茶端至嘴邊，富有清涼感的大吉嶺紅茶香味撲鼻而來，她輕啜一口茶湯。雖然在初夏時節喝熱茶稍微燙口，但仍是記憶中熟悉的外祖母手藝。

「妳的行李還沒送到呢。」

外祖母接過京香遞出的陶壺，準備好自己要喝的紅茶後說道。

「因為卡車開不進來。業者說會花比較久時間。」

「這倒是真的。」

卡車只能開到車道上，剩下的路段必須利用推車並且徒手搬運。京香搬去東京時也費了許多力氣。所以這次搬家她只帶回最小限度的行李。搬家紙箱中只裝了無法捨棄的物品，其他家具和家電則是丟棄或送人。

「四年沒見了呢。」

外祖母喝著原味紅茶，慢半拍地說出自己的感想。

「雖說是四年沒見，妳上大學時，一年也才只回來一次而已。」

實習、打工、和朋友相處，為了兼顧各種事情遲遲無法返鄉。現在回想起來，京香覺得對外祖母很抱歉。

「啊，我會來店裡打打下手的。幫忙點餐、結帳之類的，讀大學時我在餐廳打過工，這些我都會做。」

「妳好不容易辭職回來了，就好好放鬆休息一陣子吧。」

「以前工作太忙了，現在突然清閒下來，反而不知道做什麼好。」

京香現在已經不用早上五點起來督促管樂部的晨練；也不必加班加到超過晚上十點，結果反而不知道該怎麼運用這些多出來的時間。

店外傳來人的腳步聲。京香望向玻璃窗外，看見了眼熟的藍色制服。

「搬家公司的人好像來了。」

京香喝乾杯中的紅茶後，打開店門。門鈴叮鈴作響的同時，「等會兒我再端冰紅茶過去招待他們。」外祖母對京香說。

看見搬家公司的人汗流浹背地搬運行李，京香覺得很不好意思，但當他們喝了外祖母沖泡的冰紅茶之後，大家都笑著說「復活了！」多虧京香極力減少行李數量，拆裝作業順利地在天色變暗之前結束了。

高中畢業之前住過的西式房間，即使放了京香成年後的行李，整體看起來幾乎沒什麼變化。架上擺放的書由原本的漫畫變成了小說及實用書，但她知道，自己一定會繼續購買她喜歡的作家的書。現在雖然不常買CD，但喜歡的歌手每隔幾年所出的專輯也已全數收藏；對衣服的品味和之前不同，所以衣櫃內的樣子也有所改變。

不過也僅此而已。

京香的房間位於三角屋頂的正下方。因此除了天花板是三角形的，牆壁也是傾斜的。京香先是看著配合格局訂做的書架，然後搬出梯子爬上了閣樓。床鋪原本放在閣樓裡，但考慮到以後上下樓梯可能變得更辛苦，還是應該把床鋪移動到下方。

想到這裡，京香突然又覺得到時候再打算吧。一直想著以後的事情，真的會沒完沒了。

京香踩在換好新床單和被套的床鋪上打開天窗。鏽跡斑斑的上下推拉式窗戶，發出了嘎吱聲響。

京香從覆滿地錦的三角屋頂探出頭看，可望見不斷往下延伸的階梯鎮及大海。落在島嶼另一端的夕陽照著階梯鎮，整座城鎮閃耀著橙色的光芒，幾個照不到夕陽的陰影處，讓整體看起來像是往夕陽延伸而去的階梯。

「很不錯的地方嘛。」

高中時期的京香，覺得鎮上到處都是坡道和階梯，實在不太方便。成年之後回到這裡來才明白，儘管不太方便，卻是恬靜美好的城鎮。在東京念過書，在城市當過忙碌的老師，結果這裡才是自己的故鄉。因為從小在這個充滿階梯且靠海的城鎮上生長，這裡的空氣自然最適合自己的身體與心靈。

作為最後的安息地，再適合不過了。

自有記憶以來，京香便和母親及外祖父母同住，父親並不在她身邊。外祖父母退休後，立刻經營起舞池咖啡館。之後，每天早上在咖啡館吃早餐套餐成了她每日的例行公事。

每天起床後進行梳洗，換上制服、提著書包來到一樓，就能聞到紅茶的撲鼻香氣。每天外祖父母都會推薦不同的紅茶搭配適合的飲用方式，吃完厚切烤吐司、三明治與沙拉後出門上學。這就是京香每天早上的固定行程。

換好衣服走出房間後，京香一邊下樓一邊回想起當時的情景。她走到樓梯口時，聞到了紅茶香氣，這個家的早晨時光依舊如昨。

「外婆早安。」

京香打開分隔咖啡館與住家的門，外祖母同樣穿著咖啡師圍裙，夾著鳥羽髮夾，站在吧檯旁。由於時間已屆早餐時段，店內已有客人到來。

「抱歉，我睡過頭了。」

「沒關係，之前我也都自己一個人處理啊。」

外祖母搖著頭，一邊把滾燙的熱水注入茶壺中，接著遞給坐在吧檯旁的客人。「請慢用。」外祖母面帶笑意地對客人說。

京香本來想要幫忙，結果店裡的每桌客人都已經在享用烤吐司和三明治。方才遞給客人的那壺紅茶，好像也是最後一張點單了。

「來，這份給妳。」

外祖母連京香的早餐都準備好了，連同茶壺放在托盤上遞給京香。夾著火腿和雞蛋的吐司麵包上，烙著令人食指大動的烙痕。

「不好意思，謝謝外婆。」

京香暗自決定明天必須提早起床，隨後走出吧檯。

當她準備走向角落的空位時，一張記憶猶新的臉孔突然出現在京香面前。

「你是昨天的……」

正在大口品嚐烤吐司的人，正是昨天自防波堤落海的那個男孩。他穿著和昨天相同顏色的西裝褲，襯衫上套著紅色的針織衫。

外套……昨天那件，今天應該還沒乾透吧。

他的目光像漂在海上時那樣，瞪大雙眼地看著京香。

「好久不見了。」

真巧啊！他笑著說。不知何故，京香的雙眼，就是離不開他的左手臂。

「哪裡好久不見啊，你的手臂沒事了嗎？」

「已經痊癒了喔。」

「少騙人了。」

京香隨手把早餐放在附近的和式桌上，膝蓋跪著慢慢地朝他移動過去。啊，感覺好像回到了當老師的時候。京香抓過他的手臂，一口氣地捲起襯衫和針織衫的袖子。

京香覺得自己的身體動彈不得。

「不會吧！」

昨天皮膚明顯裂開的左手臂上，居然看不到任何傷口，甚至看不見任何痕跡。

「妳看吧，我跟妳說過了。那點小傷很快就痊癒了。」他揮了揮左手，繼續大口吃著厚切烤吐司。

「這怎麼可能呢？那麼嚴重的傷，就算去了保健室，大概也只能先止血，然後直接送去醫院處理才是！一定是這樣！」

京香像說服自己似的不停說著，但不管她怎麼說服自己，男孩的手臂依舊是毫髮無損。

「什麼嘛，原來你們的關係已經這麼好了。」

在吧檯托著腮的外祖母，大失所望地說著。看到京香回過頭來時，似笑非笑地指著正在大口吃烤吐司的男孩。他把嘴巴塞得鼓鼓的，看起來像隻倉鼠。

「雖然還不及藤卷先生的程度，但沖晴也是我們店裡的常客，他每天都會來吃早餐套餐。」

這樣啊。京香邊嘆氣邊附和外祖母，然後眼神在外祖母和沖晴之間來來回回。正在喝檸檬茶配吐司的男孩，燦笑著朝京香點頭示意。

「我是志津川沖晴。沖繩天氣晴的沖晴。」

這麼文青的自我介紹——沖繩天氣晴。令人不禁聯想到大海那經陽光照射的波光粼粼，以及在海洋上方大片的積雨雲。

「她是我的孫女京香，踊場京香。剛從東京回來，你們要好好相處喔。」

外祖母詳細地介紹了京香，所以她不需要再自我介紹一次。

「話說回來，京香是昨天才回來的，你們是在哪裡認識的呢？」

「那個啊，我昨天被她推進海裡了。」

什麼？現場不只外祖母發出驚呼聲，店內的其他客人都看向京香。她連忙搖頭否認。

「不是我、不是我！我沒有推他下海。是海鷗撞他下去的。」

「海鷗？」這次是大家一起感到疑惑。「你快向大家解釋清楚啦。」京香瞪著沖晴。

「可是，如果踊場小姐沒有突然出聲喊我的話，我就不會掉進海裡，鯛魚燒也不會被海鷗叼走了。」

捉弄大人真的這麼有趣嗎？他臉上的笑容依然燦爛。

「才不是這樣！海鷗一直在你頭上飛，就算我沒有出聲叫你，海鷗也會叼走你的鯛魚燒！再來你就會掉進海裡然後受傷！」

「我不是說過好多次了，我沒有受傷啊。」

沖晴再度捲起針織衫袖子，露出自己的左手臂。令人不甘心的是，真的毫無半點傷痕。

「來，讓我看看你的右手臂，有可能是我看錯了……」

「妳好囉唆喔，真是的。」

雖然沖晴這麼說，卻也樂在其中。「妳看。」他伸出右手臂讓京香查看，當然也是毫髮無損。

「這樣就沒事了吧。」

沖晴喝完杯中剩餘的紅茶，拿著身邊的書包站起身來。

「我真的沒事，請不用在意我。」

沖晴嘴角上揚露出微笑，匆匆忙忙地離開咖啡館。雖然不趕時間，但腳程卻意外地快，伴隨著門上的鈴鐺聲響，他離開了咖啡館。

「啊！沖晴！」

鈴鐺聲剛落，忙著替其他客人追加紅茶的外祖母叫喚道。

「哎呀，那孩子忘了帶午餐。」

「等等，外婆妳還幫他做便當啊？」

這也照顧得太周到了。京香心想。她端著已經涼透的早餐套餐急忙地走到吧檯。

「啊，話說那孩子沒有付早餐的錢！」

「付過了，他預付了一個禮拜的早餐錢。」

原來他真的是熟客。明明是個高中生，早餐不和家人一起吃嗎？
「沖晴啊，他一個人住在高我們兩層階梯處的房子裡，所以每天都會來這裡吃早餐。我也破例幫他做午餐便當，當然是有收費的。可是今天居然忘記帶了，他平時不會這樣匆匆忙忙的啊。」
外祖母喃喃說著。她替沖晴準備的午餐是三明治。有夾厚煎蛋的，也有夾漢堡排的，還有夾著如寶石般的水果，這些三明治整齊地排放在紙餐盒中，裡面還放了蔬菜沙拉和蕃茄燉雞。
「我也有做妳的便當，中午時妳幫我送去學校給他吧。」
「什麼──要我去送嗎？」
「妳可以去和過去照顧過妳的老師打聲招呼啊。況且，有人拜託我要好好照顧沖晴。」
「誰拜託妳的？」
「那孩子現居之處的屋主。」

高兩層階梯處，有一間小小的獨棟住宅。和踊場家的風格不同，是純和式的古民家。京香上高中時，那裡住著一對老夫婦。印象中好像是姓岡中。

「兩年前岡中先生他們搬去和兒子一起住，所以屋子就空下來了，後來沖晴才住進去。因為是高中生自己一個人住，所以他們請我幫忙多多照顧他。」

「那他是岡中先生的孫子嗎？」

「好像不是呢，應該是遠房親戚的小孩。」

外祖母連這個高中男生的來歷都不清不楚，還每天做便當給他吃。

高中生志津川沖晴，除了笑容沒有看過他露出過其他表情——京香邊想著他佇立在防波堤上望著海洋的背影，邊在杯中倒入紅茶，心情突然變得憂鬱。

「真的好久不見了，我們上次見面是在成人式的時候嘛。」

瀨戶內老師第四節剛好有空，十分高興看到京香來訪。

「校舍完全沒變吧。雖說過了很久，但離踊場畢業其實還不到十年呢。」

瀨戶內老師走在京香前面，馬尾髮型隨著腳步擺動。京香念高中時，老師的頭髮就很美麗又富有光澤，即使過了八年，老師的頭髮還是那麼漂亮。

老師打開音樂準備室的門，「找張椅子隨便坐。」老師指了指堆在教室角落的椅子。京香如以往般拉出一張椅子，坐在老師的桌子旁。

「這裡也完全沒變呢。」

「是嗎？東西多了不少，好難整理啊。」

老師從桌子旁邊的冰箱裡拿出罐裝茶。這是音樂科教職員和合唱團共用的冰箱，話說這個冰箱的位置，和京香參加合唱團時一模一樣，沒有換過位置。

高中時期，京香加入了合唱團，而瀨戶內老師則是社團顧問。當時三十二歲的老師，對青澀的高中生來說是位大姊姊。比起級任老師，京香和瀨戶內老師更有話聊。當年京香的目標是「想成為音樂老師」，所以她也經常和瀨戶內老師討論自己未來的出路。

「好不容易當上音樂老師，辭掉多可惜啊。」

「不過，人生就是千姿百態的嘛。」老師喝了一口罐裝茶後又接著說。

大學畢業時，京香也一併向老師報告自己成為了音樂老師的事；而方才在客用玄關和老師相見時，才說出自己已離職回到階梯鎮。

「太忙了嗎？應該沒什麼休息吧，身體狀況不好嗎？」

身體狀況豈止不好，簡直是糟透了。京香一想到這裡，便毫無戒備地脫口而出。

「我得了乳癌。」

京香扭開罐裝茶瓶蓋後，低垂著頭。這個動作彷彿正訴說著「啊哈，我搞砸了」。

瀨戶內老師的嘴巴抵著瓶口，好一陣子說不出話來。

「順帶一提，現在是第四期，也已經擴散到其他地方，大概壽命只剩一年左右。」

京香發現自己的乳房裡有腫塊，便去醫院求診。由於工作太忙碌，她也不清楚腫塊是什麼時候形成的。明明自己就比其他人更注意這些狀況；明明身邊的親人也得過這種病。

可能是一個月前出現的，更糟的話也有可能半年前就出現了。當主治醫師聽見京香這麼說時，表情顯得很嚴肅。京香試過化學治療、放射治療、荷爾蒙治療，但都不見效。後來抽血檢查時出現奇怪的數值，發現癌細胞已經擴散到肺部和肝臟。醫生說，即使進行手術也已無法根治。

「醫院呢？妳有乖乖去醫院對吧？」

音樂準備室明明只有老師和京香兩個人，老師卻悄聲地詢問她。

「我請醫生寫一封介紹信給這裡的醫院，最近會過去。不過，我應該會選擇副作用比較少的治療方式。」

老師一副欲言又止的樣子，京香趕緊接著說：

「老師妳記得我母親在我高中時過世的事吧。媽媽當時得的也是乳癌，她很認真配合治療，切除乳房，還掉頭髮，因為藥物的副作用每天都在吐，我真的不想變成她那樣。」

即使京香這麼說，大部分的人都不能接受。東京的朋友紛紛勸她積極接受治療。可是母親當時真的很痛苦。京香清楚記得母親會突然說：「為了活下去我必須承受這種痛苦嗎？」聽見母親這麼說，外祖母並沒有生氣。京香也不覺得生氣，甚至贊同支持母親說的話。

京香知道，繼續治療對罹癌本人和家人來說都是一件痛苦的事，因此更沒有必要選擇這條路。況且這次，只剩外祖母一個人能照顧她。

更重要的是，即使願意接受治療，也幾乎沒有痊癒的機會。只要好好服藥，日常生活便不會受影響，可以的話，她希望就這樣一路在睡夢中死去。

「比起活得長久，我想在提升品質方面加把勁。」

重質不重量。這句話雖然說得很有道理，但在東京交往的男朋友赤坂冬馬曾經直接地對她說過：「簡單來說，妳就是已經做好死亡的打算了吧。」雖然京香曾經考慮過要和他結婚，聽完這話，當天就決定和他分手了。

「這樣啊。」

瀨戶內老師緊握著寶特瓶，靜靜地點頭表示同意。雖然老師和外祖母長得完全不像，但心靈最深處的精神支柱部分，和外祖母應該是相同的吧。因為京香跟外祖母坦承這件事時，外祖母果然也說了「這樣啊」。

「妳已經決定好的話，我也不會再多說什麼了喲。」

的確。外祖母也說「妳決定好就好了」。

「回來這裡打算做什麼呢？」

「先在家裡休息一陣子，過些時候或許會去旅行，我有很多想去看一看的地方。」

大學畢業旅行之後，京香就沒有出過國，國內也有很多想去的地方。一個人隨興旅行一定很開心，如果約外祖母一起去，她應該也會同行的。

「之前一直忙於工作，現在時間太多反而覺得怪怪的。」

啊哈哈。京香搔著自己的後腦勺時，感覺就像算準時機般，話一說完，第四節課下課鐘正好響起。緩慢的鐘聲，是京香熟悉的聲音。
「啊，老師，我得去送便當了。」
「是那個妳一直抱著的東西嗎？」
瀨戶內老師指著京香膝上的手提袋。
「這裡的學生是我家咖啡館的常客，我外婆每天都會幫他做便當。」
「叫什麼名字？」
「好像叫什麼川沖晴的。」
瀨戶內老師毫不驚訝。「果然是他。」老師苦笑著說。
「果然是二年級的志津川沖晴，我隱約猜到了。」
「老師妳也認識他嗎？」
「當然，他挺出名的。況且還是我們社團的團員。」
「什麼？那孩子是合唱團團員嗎？」
「除了是合唱團團員之外，三年前，我也開始擔任志工部的顧問。志津川也加入了志工部，所以我每天都會見到他。」

「請問，」

京香突然想起，連續兩天見到的男孩身上那種奇妙感，所以傾身詢問老師老師。

「那位叫沖晴的男孩，為什麼總是笑嘻嘻的啊？」

感覺笑臉才是他的平時狀態，沒有半點勉強。看起來不像刻意擺出造作的笑容。要說哪裡怪怪的話，他的表情就像是神明命令他「必須笑」，他便樂意順從而已。

「這個嘛，到底為什麼呢？我也不太清楚。不過笑臉總比哭喪著臉好。志津川四月才轉來我們學校，到現在還不到兩個月，但已經和很多人打好關係，大家都直呼他的姓名，感覺他每天都樂在其中。」

高中二年級才轉校，真是少見。此外，一介高中生自己住在獨棟住宅裡，在他的笑容背後，或許隱藏著複雜的家庭狀況，級任老師應該會特別關心他吧。京香心想，自己如果是級任老師的話一定會這麼做。

「別看他總是嘻皮笑臉的，但他的轉學考試考了滿分喔。」

「這麼厲害呀？」

京香聽說轉學考試的難度比一般入學考試來得高，他居然得了滿分。

「他轉來沒多久，就有很多老師稱讚他是個天才。雖然還沒有發還考卷，但聽說上週的期中考，他每科都考滿分，這是階梯高中有史以來第一個全科滿分的學生，在職員辦公室裡還引起了一股騷動呢。」

「看、看不出來，原來他功課這麼好啊……」

「沒錯，我也嚇了一跳。而且他的運動神經也很出眾，忘了是田徑社還是其他社團邀請他，他隨意跑跑，就跑出比三年級王牌還快的成績。現在每個社團都想邀請他入社，讓他很為難。」

京香想起他昨天從自己眼前跑開的背影，速度的確很快。

臉上總是掛著笑容，學習成績優異，運動也很傑出，未免太不現實了。簡直像是小說或漫畫中會出現的人物。

不過，也正因如此，這才符合他那看不清廬山真面目的氛圍。京香心想。

「妳要送去教室給他嗎？印象中他是二年五班的學生。」

當瀨戶內老師準備起身時，有人敲著音樂準備室的門。

「打擾了。」有人伴隨著聲音走進準備室。

這個聲音，昨天和今天早上京香都聽過。

「不好意思，我來拿我的午餐。」

志津川沖晴依舊滿臉笑意地出現在京香面前。

「沖晴，你怎麼知道便當在這裡？」

聽見瀨戶內老師詢問，沖晴從外套口袋拿出手機，嘴角綻開笑容。

「舞池咖啡館的魔女傳了『我孫女幫你送便當過去了，記得拿喔』的訊息給我，她還說『我想她應該和瀨戶內老師在一起』。」

「你和我外婆交情好像不錯耶……」

京香心裡總有這種感覺，況且他還稱呼外祖母為魔女。

「是的，我們會互相傳貼圖，前陣子我送這個貼圖給她，她很高興喔。」

沖晴對京香秀出自己的手機畫面，上面顯示著一隻說著「謝謝」、八隻腳動來動去的章魚。

「謝謝妳幫我送便當過來，我正愁不知道該怎麼辦呢，真是幫了大忙。」

京香從沖晴指著的印有舞池咖啡館商標的紙袋中拿出一個便當盒。外祖母細心地準備了裝有紅茶的水壺，這也一併交給他。

「正好，今天合唱團恰巧有午餐會議，沖晴也要來參加喔。」

「哎呀，我忘記了。」

「少來，你明明記得，故意不來的吧。」

「可是，排球社要我過去幫忙耶。」

「你別什麼事都來者不拒。」

儘管受到瀨戶內老師訓斥，沖晴依舊笑容滿面。他嘻皮笑臉地閃躲老師說的話。「我會加油的！」他歪著頭說。

有人打開了音樂教室的門，聽見女學生的嬉鬧聲，瀨戶內老師站了起來。

「反正她們都來了，我們快速開個會吧。機會難得，妳這個校友也一同參加吧？我們要決定九月在文化祭上演唱的歌曲。」

「雖說是校友，但已經畢業快十年了耶。」

「說什麼傻話。合唱團史上唯一參加過全國大賽的就是你們那一屆，妳來參加大家一定會很高興的。」

的確有過這回事。京香、瀨戶內老師和其他合唱團員一起搭乘新幹線前往東京，在大舞台上演唱。本來母親也有計畫到現場觀看，但她在全國大會前兩週過世了。原本京香遲疑該不該繼續參加大賽，但發現母親選在來得及參加大賽的時間點離世，於是她在喪禮結束後兩天便重返練習隊伍。

的確發生過這件事。

音樂準備室教室是相通的。音樂教室裡，有五名女學生正把桌子移到教室中心。炭灰色西裝外套、藏青色的裙子以及紅色緞帶蝴蝶結，好令人懷念的服裝搭配。

「妳們幾個，合唱團的大前輩來了。」

瀨戶內老師說完，便向大家介紹京香。「她是當年參加全國大賽時的合唱團團長喔！」老師這說法，好像來了個狠角色。「好厲害……」不出所料，五個學生同時表示讚嘆。

當年全國大賽並未獲得任何獎項，京香也沒有成為專業歌手。

「請問……現在只有五個團員嗎？」

京香當年在學時，三個年級加起來有二十五名團員，其中還包括八位男學生。

「不止五個，是六個。」

站在京香身後的沖晴，雙手捧著午餐盒，指著自己的臉。

「你每次練習、開會都偷懶沒參加啊。」

瀨戶內老師說完，其他五名女學生同時點頭。看樣子，他是個偷懶大王。

「我沒有偷懶，只是因為其他社團有練習走不開而已。」

「你一次參加五個社團，當然走不開。」

京香聽到老師這麼說後，定睛凝視著沖晴。他臉上笑意未褪，一副事不關己的樣子。「怎麼了？」他反問京香。

「你參加了五個社團？」

「對，合唱團、志工社、排球社、游泳社、棒球社還有網球社。」

「這樣是六個吧？」

「從前天開始變成六個了。」

「什麼！」京香還沒來得及回話，瀨戶內老師和其他合唱團員便已同聲驚呼。「你這樣不就更沒時間參加我們的練習了！」、「虧你還是第一個加入合唱團的人，太過分了吧？」「為什麼大家已經知道沖晴參加那麼多社團了，還來邀請他呢？」「不行！沖晴你得好好拒絕對方啊！」意見聲此起彼落，即便是笑臉迎人的沖晴應該也會覺得困擾才是，結果他還是一臉和善地保持著笑容。

「放心，正式上場演唱時，我不會搞砸的。」

沖晴刻意地伸出大拇指。「那當然啊！」「要是走音的話我就打你！」在女學生群起攻之的話語聲中，京香輕輕地嘆了口氣。

✦

「京香，幫我跑個腿。」

祖母用著拜託小孩跑腿的口吻說完後，將一個用蔓草編的籃子放在吧檯上。焦茶色的籃子裡，放了五個深黃色的檸檬。

「這是藤卷先生給我的。好像是別人送給他的。因為太多了，妳幫忙拿一點去給沖晴。」

「又給他？」

京香停下正在擦桌子的手，受不了似地大聲叫著。還好現在店裡沒有客人。

「這又沒什麼，只要爬兩層階梯而已。妳這麼討厭沖晴嗎？」

「倒也不是討厭啦。」

雖然個性難以捉摸是挺可愛的，不過因為看不清他的真面目，反而不知道怎麼和他相處。

「別看那孩子總是笑臉盈盈的，我想他一個人在不熟悉的地方生活應該很辛苦，妳就陪他聊聊天吧，他一定會很高興。」

「他在學校過得滿開心的，應該不需要我陪他。」

雖然他一次參加太多社團，經常無法出席合唱團的練習，那些女團員雖然抱怨，但都是說說而已。不是真的討厭沖晴，也沒有想過把他踢出社團。事實上，那天的午餐會議，女孩們也聽取了沖晴的意見。雖然有時候她們會說「沖晴你沒在認真想」這種話，不過都是像小動物互相逗弄的感覺，京香在旁邊看著覺得很有趣。

「打烊工作我來做就好，妳拿去給他吧，回來後再幫我準備晚餐。」舞池咖啡館的打烊時間是六點。離打烊時間剩不到十分鐘，最後點餐時間也已經過了。

「我去一趟。」

京香抱著裝有檸檬的籃子走出咖啡館。門鈴的叮噹聲，不知道為什麼一直在她腦海中迴盪著。

登上磚瓦和石頭砌成的階梯，便能看見一棟兩層樓高的古民宅，建築周邊有木製圍籬包圍著。四周都是竹林，放眼所及只有這一棟建築物。雖然沒有掛名牌，但京香立刻確定這是沖晴的家。

京香按了電鈴，但沒有發出聲音，可能是電池沒電了。京香無計可施下，直接走進庭院。

「沖晴君——你在家嗎？」

京香一面朝屋內叫喚，一面走進庭院，接著她聽見了歌聲。符合男高中生音域的低沉嗓音，卻十分清亮美妙。聲音就這樣融合在夕陽的柔和光線裡，慢慢地、深深地沁入心扉。

望海的小庭院裡，穿著制服的沖晴正坐在緣廊上唱歌。他光腳踩在墊腳石上，挺直著背，這樣可以更輕鬆地發出聲來。

他所唱的歌，是那天在午餐會議時決定好要在文化祭演唱的歌曲。這是一首將失去重要事物的人們，心裡懷抱著傷痛邁向未來的心情比喻成花朵盛開的歌曲。雖然他經常缺席團練跟會議，但在家裡卻會好好練習，原來他也有可取之處呢。

京香覺得他練唱的身影十分耀眼，而在耀眼的光芒背後，京香看見的是自己「羨慕」的情緒。我也曾經歷過這種時期啊。確確實實地經歷過。即時已經成年，那樣的自己卻一直存在於內心深處。

「……唱得真好。」

在歌曲正好段落結束時，京香對沖晴說道。

「哇！嚇我一跳！」

沖晴雖然這麼說，但仍是一派輕鬆地露出笑容。

「有什麼事嗎？」

「我外婆要分一些檸檬給你。」

京香將籃子遞給沖晴，他開心地往籃裡一瞧，拿出一個檸檬聞著香氣。「謝謝妳。」沖晴向京香道謝。

「這種檸檬可以帶皮吃，做成鹽漬檸檬或是蜂蜜檸檬都可以。天氣熱的時候，兌點蘇打水喝也很美味。」

「真的呀，我會試著做做看。」

京香不動聲色地看了看屋內，約莫三坪大的和室中央有一張矮餐桌、木製和室椅以及舊型電視，架子上擺放著封面因日照而泛黃的書籍。雖然富有生活氣息，但看起來實在不像一個高中生所居住的環境。這些或許都是上一任屋主所留下來的物品。

「要不要喝杯茶？」

沖晴抱著籃子走進屋內，就這樣不見人影。京香聽見冰箱門打開又關上的聲音，接著他端出放有玻璃茶壺和冷茶盞的托盤，又出現在京香面前。

「我簡單泡了麥茶，可能不像魔女沖的紅茶那麼好喝。」

他把托盤放在緣廊邊，在冷茶盞中注入麥茶。京香坐在緣廊邊，坦然接受沖晴的好意。

「真了不起，在家有確實練習。」

雖然麥茶有點澀，但冰冰涼涼的很好喝。冷茶盞微微映照著天空的顏色，涼爽感倍增，在橘色的夕陽光照耀之下，看起來有如散發著淡淡的光芒。

「你唱歌真好聽。」

「真的嗎？謝謝妳。真高興能獲得音樂老師的稱讚。」沖晴帶著能感染身邊所有人的笑容說完後，喝了一口麥茶。

「可是，你一次參加六個社團沒問題嗎？這麼多練習活動，沒辦法好好休息呢。」

「反正我一個人住，多的是時間。所以如果不參加社團的話會很無聊。」

一個人住。聽到這句話，京香沉默不語。她左思右想、再三思考，緩緩地開了口。我們是鄰居，外祖母也要我和他打好關係，再加上外祖母對他諸多照顧……問這個問題，應該沒關係吧。

「為什麼你一個人住呢？」

「因為我沒有家人，我的老家也不在這附近，而是在離這裡很遠的北方。」

沖晴出乎意料地爽快回答。京香凝視著他的臉。沖晴喝完麥茶後，伸手拿取擺在一旁的樂譜，是剛剛他唱的那首歌。

「為什麼？」

京香明明知道不該問，還是脫口而出。他的笑容，或是他那不管提及什麼都不覺得痛苦的輕鬆表情，在在影響著京香。

「因為他們九年前過世了。」

京香拿著冷茶盞的手滑了一下，差點摔在地上。

每天都有各種各樣的人死亡。不管是意外、疾病、犯罪案件或者是自殺。人會因為各種理由而死去。

不過，老家位於北方，時間又在九年前，那麼「各種理由」就縮小範圍至單一選項了。如同成熟的果實必定會落地一般，總是突然就發生了。

「你是說……」

「海嘯。我的家人遭海嘯吞噬而去世了。」

九年前，京香當時就讀高中三年級。畢業典禮剛過不久，由於她考取了東京的大學，正在準備前往東京的行李。那時，距離階梯鎮相當遙遠的北方土地上，受到海嘯嚴重侵襲。許多人喪失生命。不是因為意外、疾病、犯罪案件或自殺，而是因為大海而死亡。

當時的情況，雖然只能透過電視轉播得知，但就連遠在階梯鎮的京香，至今也無法忘懷那幅景象。

在這個天災頻傳的國家，唯獨那場海嘯是別有意義。無論住得距離那個遭海嘯吞噬的城鎮有多遠，沒有人可以置身事外。那場大海嘯便是如此傷透了許多人的心。

「給我，把那個給我！」

京香回過神時，發現自己搶走了沖晴手中的樂譜。身體好燙，燙得不得了！不是因為夕陽照在身上而發燙，而是身體裡彷彿湧出了莫名的情緒。

京香起身，兩腳站穩後，俯視著沖晴。

「你知道這首歌的內容嗎？」京香緊抓著樂譜詢問他。

「這首歌，是為了那些海嘯遇難者所作的歌曲吧？」

這是大海嘯發生一年後所撰寫的合唱曲目。為了那些因無情卻又無可奈何的大自然力量而失去親愛的人而作的曲子，希望他們可以重新振作、邁向未來。

「我知道啊，今天開會時說過了。而且，如果是為了海嘯遇難者而唱的話，我來唱應該沒什麼問題吧？」

「你說得沒錯，但我不是這個意思……瀨戶內老師和其他合唱團員知道你是海嘯遇難者嗎？」

「當然不知道，我沒有告訴階梯高中裡的老師或學生。大概只有校長知道吧。」

如果合唱團的團員知道的話，她們還會提議演唱這首歌嗎？瀨戶內老師會答應嗎？如果自己是團員或是顧問的話，一定不會。無論這首歌曲是多麼優美、充滿希望，都是在沖晴的傷口上撒鹽，京香心想。

「為什麼？」

夕陽直射在沖晴的臉上，橙色且溫暖的光，在沖晴臉上形成了光影交錯。尤其是嘴角處看得特別清楚。

「……問你喔，為什麼你總是帶著笑容？」

沖晴總是笑著。無論是京香搶過他手中的樂譜時，還是詢問他知不知道歌曲意義時，或是他主動說出有關海嘯的事情時。

志津川沖晴一直在笑著。

「為什麼你可以笑著說出這些話呢？」

昨天，第一次在海邊見到的志津川沖晴。今天在咖啡館見到的志津川沖晴；在學校見到的志津川沖晴。一張張沖晴掛著笑容的臉，就這樣圍著京香，凝視著她。

「踊場小姐，妳知道人擁有五種基本情緒嗎？」

他用力張開手掌，突然說起這個話題。

「喜悅、悲傷、憤怒、厭惡、恐懼，這五種是人類的基本情緒。」

「為什麼說這個？」

「可能我本來在遇到海嘯時就該跟著家人，還有許多人一起葬身海底的。結果死神可能一時高興，就和我做了個交易。他從我的五種情緒中抽走了『四種負面情緒』，作為讓我倖存的代價，所以我只剩下一種正面積極的『喜悅』情緒。」

沖晴依然滿臉笑容，但眼神卻認真得令人害怕，在夕陽輝映之下，眼裡的嚴肅更是格外清晰。

「那我問你，為什麼死神就剛好留下正面積極的情緒給你呢？」

「對方可是死神啊！比起正面積極的情緒，應該比較想要負面情緒吧？擁有『喜悅』情緒的死神，聽起來就覺得很怪。或者是死神同情我，所以至少留了一種情緒給我。不過這些都是我個人的想法而已。」

這到底是怎麼回事？都搞不清楚這是死神的殘酷還是溫柔了。死神到底是怎麼想的呢？想要取人性命？折磨人類？還是想要拯救人類？

啊，不過。

「死亡，或許就是這麼回事。」

話語卡在京香的喉嚨裡，幾乎發不出聲。她將手放在胸前。或許死神根本不會收走自己的情緒，面對死亡時會出現的恐懼和悲傷，根本沒有人想要。

沖晴可能覺得京香對自己說的話感到困惑，他歪著頭，臉上帶著惡作劇般的笑容。

「踊場小姐，妳應該聽瀨戶內老師說過，我的成績很好，運動也很優秀吧？」京香想了想，緩緩地點頭。

「自從海裡逃過一劫後，不知道為什麼運動比之前變得更拿手；也多了過目不忘的技能，即使受傷了也立刻就會痊癒。」

沖晴伸出自己的左手臂。昨天明明嚴重裂開的傷口，果然看不出任何受傷的痕跡。

「昨天受的傷，晚上就完美癒合了。」

京香下意識地後退了一步。如果她不抓緊自己的手，不知道會說出什麼話。雖然不清楚會說出什麼，但可能會說出相當過分的話。

「跟死神打交道的話，我應該不算是人類了吧。交換條件是什麼，也沒跟我說清楚。不過，那時候我正被海浪沖著走，也沒有時間聽他說就是了。」

明明就是玩笑話，但沖晴說得如此輕描淡寫，反而更加寫實。

手裡拿著收割性命的鐮刀，全身穿著黑衣服，京香腦海裡浮出這副大眾心中的死神形象。死神的臉是一目了然的骷髏頭，小學時的志津川沖晴站在祂的面前。京香心想，不知道自己死去的時候，死神也會以這副模樣出現在她面前嗎？

「或是說，人在失去情緒後，取而代之的是這類能力的覺醒嗎？可能我本來運動神經就很好，記憶力也過於常人喔。一旦喪失情緒之後，這些能力就突然活躍了起來也說不定。」

因為生病或意外而喪失身體正常機能時，就會衍生出過去未曾有過的新能力。京香之前好像聽過類似的說法……雖然聽過，但她不想告訴眼前這個愉快地說著假設性話題的男孩。

「妳不相信也沒關係。」

沖晴站起來，光腳踩著墊腳石，雙腳與肩同寬，和練習合唱時的姿勢一樣。

在京香和沖晴面前的是一片海洋。從階梯鎮往下看，一片狹小的海洋。海上漂浮著大大小小的島嶼，有橋梁連結各座島嶼。夕陽照亮海面，遊艇從對面島嶼行駛過來，黑色的影子像切開了金色海洋。

海，吞沒了他所居住的街道、家人、朋友，還有他自己。同時也是京香從小看到大的海洋。

沖晴深吸了一口氣後，開始唱歌。他用清亮渾厚的低音，唱出京香方才緊握著的樂譜上的歌詞，完美地唱出每一個音符。

京香方才還覺得這首歌很美，覺得唱著歌的沖晴很有感染力、很耀眼，並且十分羨慕這樣的他。他的表情和站姿明明沒有任何變化，但此刻京香卻打從心底覺得這個叫志津川沖晴的少年著實令人害怕。

死神？交易？失去情緒？京香當然不可能相信這種事。這一定是他的胡思亂想，是他編出來的故事。雖然京香心中確實有這種想法；不過，也有一部分的自己是相信他的，甚至遠遠超越了那份不信任感。

「我想起來了。」

沖晴唱完第一段後看著京香。

「當我唱著這首歌時，我會想起我死去的家人及朋友；想起離開學校去避難途中遭海嘯吞沒的情形；想起當時的聲音、氣味、寒冷等等。」

宛如唱著歌曲後半段般，沖晴繼續說著。

「但是，因為我沒有『悲傷』、『憤怒』、『厭惡』、『恐懼』等情緒，就算想起來，我也沒有什麼感覺。所以，我活得挺快樂的。」

沖晴哈哈大笑，露出白色皓齒，髮絲隨著海風吹拂而搖曳，他再度唱起歌來。他用洋溢著喜悅的聲音，持續唱著這首鼓勵人們從挫折中爬起、懷抱希望迎向未來的歌曲。

第二章

死神召喚暴風雨
志津川沖晴厭惡作嘔

蟬鳴聲不絕於耳。沖晴身穿充當喪服的制服，儘管很熱，卻不想脫下外套。

志津川沖晴抱著向日葵走下石階梯。他的影子落在階梯上，黑色的影子加上樓梯的高低差，看起來就像壞掉的手風琴。

沖晴發現剛才看到的那隻海鷗飛過自己的頭上。在這個佈滿階梯、像是從海洋走向天空的城鎮上生活的日子，正隨著他一階一階地走下階梯，一幕一幕地浮現在他的腦海中。

身邊的人都說，覺得和死神做過交易的他很可怕。無論是收留他的親戚或是轉校後的同學。每個人都說這個小孩總是在笑，看起來有點恐怖。

踊場京香雖然也覺得他很古怪，卻未曾和他保持距離，這種人不多見。

為什麼呢？是因為她比普通人更接近死亡的緣故嗎？還是因為她每天都面對著自己的死亡過日子呢？

喵嗚。一聲可愛的貓叫聲傳進沖晴耳裡。石砌圍牆上有隻貓咪，是隻三花貓。黑、白、棕色交錯的尾巴搖呀搖，如玻璃珠的瞳孔直盯著沖晴。

沖晴有點排斥貓。他非常清楚貓咪有多可愛，也懂大家都會想要摸摸牠們的心情。

但是，大概一年前，階梯鎮遇上颱風來襲。

自那天起，沖晴便開始排斥貓了。

✦

志津川沖晴往上跳的瞬間，京香下意識地屏住了呼吸。

時間流動的速度變得緩慢。周圍的歡呼聲，和鞋子摩擦地板的聲音隨著消失，彷彿全世界都只注視著他一人。

高高跳起的沖晴背上彷彿長出了翅膀。

他的手掌用力拍著藍黃相間的排球，球發出尖銳的聲音之後落在對手場區。

這一記球的力道有如劃開了梅雨季節極度潮濕的空氣。

沖晴一落地，同隊選手蜂擁上前和他擊掌，他也對同伴們報以微笑。踊場京香認真的、仔細地看著這一切。

星期日下午，市立階梯高中的體育館內舉辦了一場排球練習賽。對手是市內某所競爭學校，體育館的氣氛也因此變得不同。明明只是場練習賽，比賽卻有如高中預賽一般白熱化，雙方的親友團也卯足了勁為隊伍加油。

比賽繼續進行，沖晴跑了起來，然後瞬間停下、彎曲膝蓋後往上跳。一旁的隊友看準時機，迅速地給出托球。

沖晴的跳躍輕盈且高，他的胸口高過球網，打擊點輕鬆地超過三公尺，儘管對手隊伍的主將有身高優勢，沖晴也沒有吃虧。

京香只是稍微看一眼比賽，就知道他具有全國大賽的水準。如果她毫不知情的話——或許會因為自己的母校的選手如此優秀而感到欽佩吧。

京香雖然對沖晴抱持著莫名恐懼感，但此刻心中卻滿是對他的佩服及讚嘆。她覺得自己好像看著錯視畫，高中生的青春正一頁一頁地在眼前翻動。

對手伸長手臂想攔住沖晴打出的扣球，仍不及約一個拳頭的距離，球滾到了體育館的角落。場內響起比剛剛更宏亮的歡呼聲，待機球員也全數衝進比賽區。比數為二十五比十二，第二節比賽也是階梯高中獲得勝利，由於高中排球比賽制度為三節比賽，因此最後勝出隊伍是連勝兩場的階梯高中。

沖晴和同伴慶祝完之後，單手拿著毛巾朝京香跑了過來。

「踊場姊，午安。」

沖晴一邊用毛巾擦著額頭上的汗水，一邊發出「啊哈哈」的笑聲。陽光且爽朗的笑容，反而讓京香忍不住想嘆氣。

「我想瀨戶內老師和其他同學應該在生你的氣喔，或者說氣完了。」

「對、對不起。」

雖然嘴上道著歉，沖晴仍未停止過笑容。這次京香真的嘆了氣，然後走出體育館。沖晴也脫下比賽背心，對排球部的顧問說了幾句話後，跟上京香的腳步。

「你今天不是應該來合唱團練習嗎？」

京香提出疑問，沒有回頭看沖晴。因為其他團員在音樂教室等了又等，依舊等不到沖晴出現，失去耐心的團員便直接開始練習。又因為有團員在上學途中看見過沖晴，於是演變成在合唱團進行基礎練習時，京香外出找人的情況。

「因為排球社的同伴強烈要求我參加比賽嘛。」

看著那場全員認真投入的比賽，想必是連練習比賽也不想輸給對手。京香走上校舍的樓梯時不禁思考著，自己高中時期又是怎麼樣的情況呢？

「誰叫你一次要參加六個社團。」

「因為大家都說可以兼任沒關係，叫我一定要加入啊。」

他每天都會出現在某個社團。運動型社團就像方才看到的那樣，大家都仰賴他的絕佳運動神經，但像是合唱團或志工社應該就只是單純把他當成「偷懶大王」吧。至少，最近京香常去的合唱團，其他團員就是這麼想的。

「辛苦了。」從樓上走下來的男老師看見京香，特地停下腳步對她說。「難得回來故鄉，每天還是這麼忙啊。」話一說完，老師繼續往下走。「老師好！」沖晴笑著和老師打招呼。「喔！好好加油哦！」他拍著沖晴的肩膀說。

「踊場姊也很辛苦呢。」

「辛苦什麼？」

「總覺得妳好像常常出現在學校，還幫忙指導合唱團。」

自己又不是階梯高中的學生或老師，也不是學生的監護人，卻常常在校園裡走來走去，這種不自在的感覺，只有一開始出現而已。這裡有好幾位熟識的老師，而且一知道京香辭去高中教職回到故鄉來，都對她說「歡迎隨時來玩」。

「因為我離職了，多的是時間。」

「不留在咖啡館幫魔女的忙嗎？」

「我偶爾會幫忙啊，但她會一直碎碎唸說『其實我自己一個人也做得來』。」

外祖母應該是不忍心讓好不容易從東京回來的孫女，老是留在店裡幫忙吧。

「所以妳就跑來幫忙瀨戶內老師嗎？」

「大概吧。」

顧問瀨戶內老師詢問京香的意願，「要來幫我的忙嗎？只要妳非常有空的時候來好。」京香恭敬不如從命，一週到階梯高中好幾次。瀨戶內老師也用聘請外師指導社團的名義，支付微薄的時薪給她。

在前往音樂教室途中，京香看見走廊上貼著期中考試的學年排名榜單，以前也是這樣。幾個月前還在職的都立高中沒有這種習慣，但階梯高中似乎一直延續著這種作法。

大張的模造紙最上方印著沖晴的名字，全學年榜首——而且不只是榜首，還是全科滿分的第一名。瀨戶內老師之前曾經說過，這是階梯高中有史以來的創舉。京香腦海裡浮現出高中三年級時看過的光景。海浪一點一點地吞沒陸地，不一會兒就呈現一片黑暗，整個城鎮慘遭滅頂。那些只在電視上看過的情景，現在感覺既真實卻又有點虛無飄渺。

「從海中逃過一劫之後——

大概一週之前，沖晴對京香這麼說。望著夕陽染紅的海洋，沖晴坦承了這件事。

「不知道為什麼運動比之前更拿手，還多了過目不忘的技能，即使受了傷，也立刻就會恢復。」

他滿臉笑容地唱著歌，唱著那首緬懷因海嘯而喪命之人的歌。

「問你喔，」

京香的視線從學年排行榜調回沖晴身上。

「你說過你有看過或聽過一次就能全部記住的能力，那是……」

「拜能力所賜，教科書我只要看一次就全部記住了。因此可以輕鬆應付所有考試。」

「那數學、化學那種需要計算的題目呢？」

「就算是計算問題，教科書裡也有相似的解法。而且我也不用像其他人一樣花腦容量來背其他科目，所以心情上也比他們輕鬆。」

看著沖晴戲謔地笑著拍拍自己的胸脯，京香口裡喃喃有詞。「你以為你是漫畫的主角嗎？」本來想這樣回答他，但要是沖晴回覆「我只是一介有過瀕死經驗的高中生而已」，京香反而不知道該怎麼回覆，於是作罷。

「順帶一提，歌曲我也只要聽過一次就記得所有音符。」

或許是因為京香過去曾擔任音樂老師，加上她現在又有點像是合唱團的指導教練，沖晴洋洋得意地指著自己的耳朵炫耀著，對京香露出燦爛的笑容。

「這也是和死神交易換來的結果嗎？」

話一說完，京香感覺自己十分彆扭。這句話不是一個正經的成熟大人該說出的話。

「沒有錯。」

沖晴坦率地承認，京香覺得自己更加不舒服了。

「這件事你有和其他人說過嗎？」

「自我來到階梯鎮，妳是第一個。在之前住的地方，我有時說，有時不說。」這是孩子經歷痛苦經驗後產生的妄想。以前的京香也會這麼認為，直到她親眼看見沖晴的傷口在一瞬間復原；受運動社團青睞的絕佳運動神經、優異的學習成績，在在佐證著他說的話。完全合情合理，也不難理解。

雖然能夠理解，但她還是無法接受。

「明明遲到，卻唱得無懈可擊，真是氣人。」

三年級的藤原友里是合唱團的團長。在中場休息時間時氣憤地說著。她用力瞪著沖晴，「沖晴！我說的就是你！」

「咦，很完美嗎？好高興啊！謝謝團長稱讚。」

沖晴只聽取稱讚他的部分，向友里道謝。

階梯高中的合唱團，只有五位女生和一位男生，人數相當少。京香當年就讀時，團員比現在多出許多，音樂教室的空間也比現在窘迫得多。

因為人數少的關係，每個人反而更注重練習，歌唱實力皆不在話下，其中也包括偷懶大王沖晴。

「大家聽好，我們再從頭來一次。」

站在指揮台上的瀨戶內老師舉起右手。京香看著平台鋼琴上的譜架，雙手按下琴鍵。鋼琴清脆的聲音響徹整間音樂教室，白色的窗簾像是配合著音符般，隨風輕擺。雖然南方有颱風往階梯鎮接近中，但目前看起來海象依然平穩。悠揚的女性歌聲中混合著沖晴的低音，合唱團的歌聲和湛藍的海洋彷彿融合在一起。

今天要練習夏季即將舉行的合唱團比賽的指定曲和自選曲、還有九月文化祭上要獻唱的歌曲。京香配合指示彈著鋼琴。因為團員不多，這幾年似乎是請會彈鋼琴的學生充當救援，協助合唱團參加比賽和文化祭。照現在的狀況來看，今年的合唱比賽和文化祭，應該都會由京香擔綱演奏了。

這樣也不錯。京香心想。自己既不是導師，也非顧問，只是單純來幫忙社團活動的校友，這樣比較沒有壓力。而且自己不在之後，他們馬上可以找到替代人選，讓京香覺得放心許多。

京香彈奏著預計在文化祭上演唱的歌曲時，眼睛看著沖晴。這是第幾次了呢？每次演唱這首歌時，她總是會下意識地看著沖晴。

這首歌是北方大海嘯發生一年後所作的歌曲。為了那些遭無情大海奪走一切事物的人們而作；為了鼓勵他們從挫折中重新振作的歌曲，是一首滿懷希望迎向未來的歌曲。而瀨戶內老師和其他團員都不知道，其實沖晴就是海嘯遇難者。更重要的是，沖晴本人帶著比所有人都燦爛的笑容演唱著這首歌，京香不知道自己該用什麼表情看待這一切。

京香暫時拋開這些想法，繼續配合練習，時間很快地來到傍晚時分。從音樂教室的窗戶，可以看到剛才在體育館參加練習賽的對手校學生正準備回家。

友里向大家宣布下週的練習行程。「記得，請大家務必不——要遲到。」順便也單獨對沖晴提醒了一番。「我會努力的！」一如既往，沖晴笑嘻嘻地回覆友里。「不要跟我打哈哈喔！」雖然友里擺出團長面孔，卻也被沖晴逗笑了。

雖然幾個學姊都說沖晴是「問題團員」，但大家還是對他很好。看著他快樂的樣子，「和死神做過交易」宛如一場謊言。

然而。

在一群高中女生的歡笑聲中，只有一個人沒有對沖晴笑過。雖然她會配合周遭的人向他點頭示意，但有時候她會以一種眾人皆醉、唯我獨醒的眼光看著沖晴，彷彿他是一個難解之謎。

瀨戶內老師鎖好音樂教室，準備回家的京香在教職員用玄關換鞋時，恰巧碰上那位女學生從學生用出入口走了出來。這次巧遇彷彿推了京香一把，她出聲叫喚女學生的名字。

「野間同學。」

她叫野間紗子，和沖晴同為二年級，聽瀨戶內老師說，他們兩個還是同班同學。在社團裡，她也比其他團員話少，是個成熟的學生。

「……京香老師。」

瀨戶內老師要求團員稱呼京香為老師，大家配合地尊稱她為「京香老師」。

雖然之前每天都有人叫她老師，不過僅僅數月沒有聽到這稱呼，現在聽到反而覺得有些彆扭。

「野間同學，妳和沖晴君是同班同學對嗎？」

兩人一起走向正門時，京香直率地詢問野間。

「是的，有什麼事嗎？」

「他在班上也一直是這種樣子嗎？」野間頓了一會，點點頭。

「雖然他轉進來才兩個多月，但除了笑容以外，我沒見過其他的表情。」

「他平時在班上的表現怎麼樣呢？」

「頭腦很好、運動也很強，在班上挺受歡迎的。」

聽了野間話中有話的回答，京香確定，這孩子可能心裡抱持著和自己相仿的感覺——覺得困惑，也不信任沖晴。

「他看起來有點不可思議對吧？」

京香覺得自己挑選的措辭已經相當委婉，野間聽了卻停下腳步，直視著京香。不知道野間同學懂不懂自己的用意。她是否也和自己有著相同想法呢？像是「原來這位老師也覺得志津川沖晴有點不太對勁啊」之類的。

「您說的不可思議是指他好得不可思議嗎？還是想說他不好……還是說他很怪？」

京香聽見足球社還在場上練習所發出的吆喝聲和哨聲，對面還有棒球社練習擊球的聲音。

「很怪的意思是？」京香看著野間的臉，一臉疑惑地詢問她。

「因為他……」

兩人再度邁開腳步。像從口中硬擠出話語般，野間告訴京香。

「我跟他不僅同班，社團也一樣，都加入了合唱團與志工社。」

「啊，兩個社團的顧問都是瀨戶內老師對吧？」

「我們每個月會找一天去山上的老人之家當志工。我們會陪長輩一起唱唱歌、畫畫圖之類的。」

階梯鎮是沿著山的斜坡所打造而成的城鎮。建築物和道路就像階梯層層疊疊、蜿蜒而上，山上建有醫院、公園、大型寺廟和葬儀社，附近也有老人之家。

「老人之家的爺爺、奶奶應該很喜歡他吧？」他給人容易親近的感覺，又笑容滿面，自然會有人主動接近他。

「只要和志津川君感情不錯的老人家都會去世。」

野間用力抓著書包的把手，對京香說道。

「……妳說什麼？」

「四月時，我和剛入志工社不久的志津川君一起去老人之家。當時和他相談甚歡的老爺爺，一週後過世了。上個月，他又和別的老婆婆一起摺紙……前不久也辭世了。這是老人之家的員工告訴我的。」

什麼嘛，才兩個人而已啊。這只是碰巧而已吧。京香本來想這麼回答，但野間卻認真地看著自己，於是把話又吞了回去。

「志津川君每次去老人中心時，都會在大廳打量所有入住者，接著一直線地朝某一位長者走去，後來就只和那位長者說話了，再來那位長者就過世了。」

京香的腦海中一下子有了畫面。滿臉笑容的沖晴緩緩地、慢慢地走向一位老人的面前。那位長者看見有笑容可掬又坦率的高中生朝自己走來，一定很開心。但他卻不知道從沖晴的影子中伸出的死神鐮刀，正朝著自己的頸項而來。

野間的說法，不像是刻意誇大「偶然事件」。

「只要和志津川君深交的人，可能都會死掉。自從頭腦中有了這種想法，我就變得很怕他。」

半信半疑，但是相信的感覺卻遠超過懷疑。野間的側臉清楚表現著。同時間，一想到現在正和沖晴關係不錯的人，京香感到一陣背脊發涼。

踊場星子。京香的外祖母。

✦

「外婆，妳每年都有固定去做健康檢查吧？」

聽見京香詢問，外祖母一邊用水壺燒著開水，一邊擺出「妳真囉唆」的表情。

「有啦，我昨天不是跟妳說過了嗎？」

來舞池咖啡館享用早餐的顧客很多，店內十分熱鬧。坐在吧檯旁的常客藤卷先生用完早餐後開始看書。

「沒有什麼需要複檢的地方吧？」

坐在吧檯邊的京香，一面在吐司上塗著蜂蜜，繼續追問著外祖母。

「沒有，每次醫生都稱讚我的身體很健康，應該是我每天努力工作的關係吧。所以妳別瞎操心了，趕快吃早餐！」

外祖母端來紅茶放在京香面前。吧檯裡的老舊收音機，傳來天氣預報的聲音。昨日距離甚遠的颱風，強度逐漸增強，正往階梯鎮的方向行進。儘管不會登陸，但傍晚到深夜強度仍會逐漸增強。

京香迷迷糊糊地聽著收音機中主播的聲音，一面將檸檬片放進紅茶中，然後看著茶色漸漸變淡。

昨天野間說的話，一直停留在她腦海裡揮之不去。

「謝謝魔女款待。」

沖晴特地將早餐套餐的餐具拿到吧檯歸還，今天也是滿臉笑容。神明似乎沒有給他笑容以外的表情，只給了有如積雨雲般耀眼的笑臉。

「今天的餐點也很好吃。」

「真的啊，太好了。」

外祖母將裝著免洗餐盒的紙袋交給沖晴。他今天的午餐是夏威夷漢堡，外祖母熬製的肉汁醬濃郁香味，仍瀰漫在整個吧檯區域。

「那我去上學了。」

沖晴對外祖母和京香一笑，離開了咖啡館。

「外婆，除了妳以外，沖晴君還有跟誰比較要好啊？」

京香透過嵌著彩繪玻璃的窗戶確認沖晴已經走遠後，開口詢問外祖母。

「他也常常和藤卷先生聊讀書的話題，怎麼了？」

外祖母朝坐在旁邊的藤卷先生努努下巴後說。原本讀著書的藤卷先生抬起頭來，用手指摸了摸嘴巴附近的白鬍子。

「那孩子還滿喜歡讀書的，不管新書、舊書，各種類型都有涉獵。」

「那個，藤卷叔……」

你有沒有乖乖去做健康檢查？當京香準備這樣詢問時，外祖母突然「啊——」難得地大叫出聲。

「怎麼了？」

「都是妳一直問東問西的，我忘記在沖晴的漢堡排上澆肉汁了啦。」

外祖母單手拿著平底鍋，一臉沮喪。用漢堡肉的肉汁做成的淋醬，還好好地躺在平底鍋裡。

「是我的錯嗎？」

「怎麼想都是因為妳啊。」

外祖母把醬汁裝進塑膠杯後封蓋，和預先烤好的甜點一起放進紙袋後，放在京香的面前。

「來，交給妳送過去了。」

「什麼？不加醬也可以吃啊。」

「收了人家的錢，不可以這樣偷工減料，妳早餐吃完就去一趟吧。」

「又來了……」

藤卷看著急忙將沙拉塞進嘴裡的京香說。

「京香也和沖晴君感情很不錯呢。」

「其實感情也不算好啦。」

只是湊巧，真的只是偶然，碰巧有緣而已。但為什麼，他會和自己提及有關「與死神交易」的事呢？他又不能確定京香會不會相信他，搞不好還會覺得他頭腦有問題，甚至討厭他。

「我吃飽了。」

京香吃完吐司、培根蛋和沙拉，接著一口氣喝完檸檬茶後，站了起來。手上提著裝著肉汁醬和甜點的紙袋，離開舞池咖啡館。

京香經過庭院，庭院中栽種了許多適合夏天生長的樹木，枝葉茂密。京香穿過石製拱門，踩著磚瓦階梯一階一階往上走。途中，京香好比穿針引線似的，鑽進了建築之間的羊腸小道。這是通往學校的捷徑，不清楚沖晴是否知曉。

走下石階梯，離開磚瓦道路，這次又走上了水泥階梯。途經新舊交錯、和洋風格交融的巷弄後，便能看見階梯高中。由於走了捷徑，京香比原本估計的時間早到許多。只要在正門等，應該就能遇到沖晴吧。

正當京香心裡這麼想時。

階梯高中的正門，面對著大馬路。貫穿處處皆是階梯的車道，交通量鐵定驚人。尤其在早晨尖峰時段更是車水馬龍。

馬路上有一具貓咪的屍體。

一隻虎斑花紋的成貓，倒在車道中央，渾身是血。縮成一團的樣子，乍看像是睡著了，但柏油路上留有紅黑混合的輪胎痕跡。牠的長尾巴有一部分被壓得稀爛，應該是遭後來的車子輾過，前腳和頭部朝不自然的方向扭曲，身上皮膚也裂開了。

京香走在人行道上，不自覺發出「呃嗚……」聲音，準備走進學校大門的學生也都是相同的反應。女學生們紛紛發出「好可憐喔」、「好噁心」的哀號聲，避而不看貓咪屍體。

在一群學生之中，京香發現了沖晴。他也從車子不自然地閃躲障礙物的行為中，發現了貓咪的屍體。他先看見貓咪，反而沒有注意到京香。

沖晴調整肩膀上書包的位置後，走進車道裡。他的腳步相當輕快、宛如踏著舞步，絲毫感覺不到重力。早上車子特別多，他站在車道裡，俯視著貓咪。

有學生叫喚著沖晴的名字。應該是同學吧，雖然有學生叫喚著他，但站在貓咪屍體前的沖晴，似乎聽不見其他的聲音。

沖晴君。京香叫喚他後，只見他蹲在貓咪旁。

接著猶如徐風吹過一般，他露出了笑容。

沖晴身上穿著剛換完季的短袖制服襯衫，他伸出手觸摸貓咪。他摸著貓咪的頸部，像在確認貓咪是否真的死亡。接著他直接抱起貓咪屍體，看樣子，應該已經沒有繼續出血了。可是……京香看到沖晴的手臂和純白的襯衫上都染上了紅黑色的血液。

嗚啊、哇、哇啊、呃啊……在場所有人，不分男女都發出這類的聲音。當沖晴抱著貓屍體回到人行道上時，聲音也越來越大，大家都躲著沖晴，直接逃進校門裡。

一大清早就看到同校學生抱著貓屍體站在校門前的話，就連京香也會嚇得逃走。況且，他還看著屍體不停地笑。

「啊，踊場姊妳怎麼在這？」

沖晴的視線望向這方，發現京香的身影。他懷裡抱著彷彿仍活著的貓咪，朝京香走來。

「這條道路很危險呢，車流量很大，而且不分日夜。這隻貓經常在學校晃來晃去，學生和老師都會分食物給牠，結果卻被車子撞死了，好可憐啊。」

沖晴帶著一臉像是因貓咪死亡感到喜悅的笑容接著說：

「總之，我先幫牠做個墓吧。」

京香在笑容滿面的沖晴身後發現了野間的身影。

野間凝視著沖晴的背影，眼神彷彿就像見到了死神。

沖晴從教職員辦公室借來大鏟子，在校園的角落挖了個洞。京香從竹林撿來幾個拳頭大的石頭代替墓石放置在土堆上後，「這樣不錯呢，」沖晴笑著回答。「這石頭的尺寸大小剛剛好。」沖晴又說。

有好幾名學生從教室的陽台或窗戶看著沖晴，京香沒有細數人數，大概有十幾個人。志津川沖晴沒有戴手套就抱著貓咪屍體，臉上又帶著笑容。有的人好奇，有的人冷淡或帶著嫌惡地觀察著他的動向。

祭奠死去貓咪的溫柔。除了溫柔以外，還有一種不可言喻的瘋狂。每個看著沖晴行動的人，應該都有此感受吧。

「早自習快開始了呢。」

沖晴在附近的洗手台稍微清洗過後，甩動著雙手任其風乾。他可能覺得這樣清潔就夠了；這孩子認為只要把接觸過屍體的手及污穢清掉之後，就算是「乾淨」。

就連完全沒有碰過貓咪的京香，她都覺得自己的雙手、腳踝、後頸與臉頰，都環繞著難以言喻的濁氣。這就是從失去生命的物體身上所散發出的死亡氣息吧。

沒錯，他沒有「厭惡」這種情緒。沒有任何忌諱或討厭的感受，也不會產生任何不舒服的感覺。

「那個，沖晴君。」

看著他走向教室的背影，京香出聲叫喚。「哇！有費南雪耶！」沖晴打開裝有肉汁醬的紙袋高聲說道。說完，他從紙袋中拿出一個甜點，打開包裝，用方才摸過貓屍體的手指捏了一口，然後放入口中。

不只京香看見這一幕。在陽台上看著他們的學生，也都目睹了一切。京香聽見了此起彼落的尖叫聲。

我辦不到。無論是隨意地觸碰生物的屍體，或是用簡單沖過水的手拿點心來吃。一般人一定做不到。大家都會受難以形容的厭惡感干擾，所以做不到。

「踊場姊，妳怎麼了？」

沖晴嘴裡塞滿費南雪，回過頭來。他的衣服上仍沾著貓咪的血跡。紅、褐、黑色混合成的斑點，寫實得像要把人吞沒。更重要的是，對此毫不在意的沖晴，令京香心中感到不快。

「我想你去趟保健室換件襯衫比較好，你的胸前還留著血跡，班上同學會被你嚇跑的。」

京香的聲音顫抖著，即便如此，她仍努力維持住大人的形象並給出建議。其實她也想做出和陽台上的學生相同的反應。差一點就忍不住了。她不斷地要求自己冷靜，努力說服自己，好不容易才能走在沖晴後方約半步的位置。

這個神秘的少年，除了笑容以外沒見過其他的表情；無法得知真面目的恐懼感，全身上下散發出一種令人毛骨悚然的感覺。多雲的天空中射出的陽光照著他，在操場上隱約映出他的影子。

京香總覺得沖晴的影子裡會出現拿著大鐮刀的死神。

✦

過午之後，風勢開始增強。蔓爬在京香自家牆壁上的地錦也被風吹得颯颯作響。市內的學校似乎早上就宣布停課，中午過後可以看見一群揹著書包的小學生放學，也能見到中學、高中生的身影。到了傍晚，已經演變成強烈的暴風雨，外祖母決定提早打烊。

「決定五點打烊是正確的呢。」

京香擦著因關防雨板而淋濕的頭髮回到客廳。負責關閉二樓防雨板的外祖母，頭上也蓋著毛巾。

嵌有彩繪玻璃的大窗戶，因為關上了防雨板而變得黯淡，整個屋子裡變得沉悶許多。客廳裡，一台不符合古民宅氣質的液晶電視正播報著颱風動態。天氣預報時用的預測圈，在畫面中的地圖上斜向移動著，看起來幾乎快要撞上階梯鎮。

屋齡五十年以上的古民宅，承受著風吹雨打，發出劇烈的聲響。整棟房子像在哀號著，窗戶、柱子、牆壁都發出嘎啦嘎啦的聲響。

「要不要早點洗澡？」

「也好，不然等等可能會停電。」

外祖母用毛巾擦拭著白髮，平時不太用智慧型手機的她，難得地一直盯著手機畫面。

「沖晴君都沒有回我訊息耶。」

對喔！外祖母和沖晴是會在通訊軟體上交換貼圖的好朋友。

「那棟房子也很老舊了，我剛剛傳訊息給他，要他記得關上防雨板，但他連讀也沒讀。而且，我去關二樓防雨板的時候稍微看了一眼，他家的燈還沒亮。」

「學校方面，中午前就宣布停課了。」

雖然京香明白高中生都會趁此機會大肆玩耍，但風雨都已經增強了，到現在還沒到家，未免太晚了。

電視正在播放颱風實況轉播，主播正在離京香家不遠的海邊街道上進行直播。主播身上穿著雨衣、戴著安全帽，提醒著大家「海邊非常危險，請千萬不要靠近」。昏暗之中，可以清楚看見主播背後，巨浪正拍打著岸壁。

京香想起沖晴提及九年前的大海嘯時的側臉，她用手順了順自己的亂髮，對外祖母說：

「外婆，雨衣放在哪裡？我去沖晴君家看看。」

「風勢很強，太危險了吧？」

「現在這風勢還好，只是上兩層階梯而已。我在想，或許只有他那區停電了。」

時間拖得越久風雨越大，要去的話只能趁現在。

京香穿上放在玄關旁儲藏室裡的雨衣後出門，聚酯纖維製的雨衣下襬遭狂風吹得啪啪作響。

「路上小心，我會幫妳放好洗澡水。」

京香和外祖母打過招呼後，便跑上往沖晴家的樓梯。周圍的鄰居也都關上防雨板，路上只聽得到風雨拍打著房子的聲音。整個城鎮都沉寂下來，等待著風雨過去。

竹林裡的木造老舊二層高建築，門鈴早已故障。京香敲了敲玄關的窗戶，無人應答。她伸手拉動滑門，很順利地打開了。果然沒錯，京香心想。沖晴的家門或許一直都是無上鎖的狀態。

「沖晴君，你在家嗎？」

房子裡一片漆黑。「我進來嘍！」京香招呼一句，脫掉雨衣和鞋子。防雨板和窗簾都是敞開的。室內十分昏暗，狂風吹動，聲音大得彷彿就在京香耳邊呼嘯。

走過冰冷的走廊，京香看見玻璃窗裡閃著微弱的藍光，也聽得到細微的聲響。看樣子應該是電視發出的聲音。什麼嘛，原來是看電視看到睡著了啊。京香不禁露出苦笑。

京香本來想對沖晴說教，打開玻璃門的瞬間，眼前卻出現一個渾身是血的女人，嚇得她驚聲尖叫。

「嚇……嚇死我了！」

京香認識這個在電視畫面上的黑髮女人，這是知名恐怖電影中的一幕。沖晴應該正在播放DVD。雖然京香熟知電影的情節，但在一片漆黑中觀看，依舊魄力驚人。明明知道只是電影畫面，京香還是覺得很害怕。

「別嚇人啊！真是的……這樣子對心臟不好啊。如果嚇死我，看你怎麼辦！」

京香在黑暗中摸索，找到並拉動日光燈的開關繩。和室一下子明亮起來。映入眼簾的是和室桌、木製和室椅，角落的書架上擺放著經日曬而泛黃的舊書。

她覺得自己腳下踩到了堅硬的東西，抬腳一看，發現原來是DVD的盒子，恰巧就是電視上正在播映的那部片子。

不過，還不止如此。

「為什麼……」

大量的DVD盒散落在榻榻米上，全是恐怖電影。而且全部都是視覺震撼強烈的類型。京香每後退一步，映入視線的盒子就越多。聽著電視中的尖叫聲，京香下意識繃緊身體。

京香覺得背後有人的氣息，急忙回頭。安靜的走廊上空無一人。

志津川沖晴只感受得到「喜悅」。不會覺得「悲傷」、也不會產生「憤怒」、不懂得「厭惡」，也沒有「恐懼」。這樣的他，為什麼要看恐怖電影呢？

一陣強風吹來，吹得整個房子發出咯吱聲。明明只是單純的風聲，因為電影的影響，搞得京香惶惶不安。

關掉電視，京香注視著窗外。

眼前看見小部分的海洋，從階梯鎮看過去，看得出暴風雨正籠罩著海洋。

第一次遇見沖晴時，他也站在防波堤上望著海。自己的家人、朋友、學校；常去的公園，回家途中常光顧的小商店；心儀對象和她的家——他就這樣看著將這些吞噬殆盡的海洋。

他當時心裡怎麼想的呢？儘管看著海洋，背負著感受不到悲傷和恐懼的自己，他的心裡到底在想些什麼？

京香在玄關穿上剛才脫掉的雨衣和鞋子，按原路返回。途經舞池咖啡館，她仍繼續下著階梯。走過磚瓦階梯、石階梯和坡道後，她自然地加快腳步。豆大的雨滴拍在臉頰上，足以令人感到痛楚的暴雨，持續降落在寂靜的階梯鎮上。

京香走過水泥階梯，穿越平交道後，大海就在眼前。風勢明顯比剛才更強勁，穿過一個車子鮮少經過的十字路口，京香來到了渡輪港口附近。颱風天，渡輪當然停駛，附近的港口也看不見其他人的蹤影，只看到粗大的繩子綁著船隻，以免遭海浪捲走。

「果然沒錯……」

和沖晴初相遇的地方——突出於海面上的防波堤前端，可以看見一個模糊的、能見度相當低的人影。

京香用手壓著喘不過氣的胸口，再度奔跑起來。以前對體力相當有自信的京香，不過幾個月的悠閒生活，就讓她奔跑得十分吃力。

又或許是，因為自己正在接近死亡的緣故吧。

「沖晴君！」

強烈的風雨聲加上海浪聲，令沖晴聽不見京香的聲音。京香用雙手壓著因風吹而翻騰的雨衣下襬，小心地走在防波堤上。

颱風在裸露的防波堤上肆無忌憚地肆虐著。強風吹開了京香的雨帽，頭髮也因此變得凌亂無比。海面上狂風大浪，可能是因為正逢漲潮時刻，隨便一拍就高過京香身高的海浪，正一波一波地從防波堤下方向上爆發。

沖晴穿著襯衫和夏季長褲這種不敵風雨的服裝，站在防波堤的前端。和初見面時相同，他一動也不動地看著眼前漂浮著幾座島嶼的海洋。

「喂！沖晴君——」

聞聲，他的背影終於動了。渾身濕透的他，轉過頭來。彷彿剛離開泳池般，用手抹去了額頭上的水珠。

「踊場姊？妳怎麼在這裡？」

當他對京香露出皓齒的瞬間，他的背後掀起一陣大浪。海水淋得他一身濕，他左右甩甩頭，甩去水珠。他一副不明就裡的樣子，歪頭看著京香。

「妳來這裡做什麼？颱風來了耶！這種天氣來海邊很危險的喔！」

「這……這種事不用你說我也知道啊！我剛剛去你家查看狀況，房子裡卻沒有半個人。」

「可是妳怎麼知道我在這裡？」

「你才是，為什麼一個人在看恐怖電影？還看那麼多部？」京香想起和室裡滿地的DVD盒子，以及持續播放著的電影畫面。

那樣子，簡直像是——

「有時候，我會這樣確認自己。」

沖晴保持笑容回答道。雖然風聲幾乎蓋過他的聲音，但隱約又可以聽見有笑聲混雜在其中。

「無論看多少恐怖電影也不會害怕——就是確認自己仍舊沒有『恐懼』這種情緒。」沖晴邊說邊用手指戳戳自己的胸口。

「有時候，這裡好像有風吹過的感覺。原本應該是能夠感受到悲傷、憤怒、厭惡、恐懼的地方，卻好像有東西穿了過去。原本該感受到的東西全都沒了。只剩下風吹過縫隙時，那種空空的、呼——的聲音。」

濺起的浪花噴到他的臉上。遭雨水及海水打濕的襯衫，貼在他的肌膚上，似乎對志津川沖晴這個存在又蒙上了一層陰影。

「我呢，自從經歷海嘯過後，去過很多地方，住過很多親戚家，但階梯鎮卻是第一個鄰近大海的地方。這裡的海既安靜又平穩，所以看著這片海，果然一點也不覺得『恐怖』。」

「但是，」沖晴稍微降低了說話音量。

「今天的海……如果是颱風來襲時的海，我想看了應該還是會覺得害怕吧。」

京香想起在那個昏暗的房間裡，沖晴獨自看著知名的恐怖電影的情景。一般人應該覺得害怕的場面，他卻毫無感覺，可能還會笑著觀賞。電視發出的光照在他的臉頰與鼻尖上；噴賤的血液、幽靈的白手、昏暗廢棄房屋的黑影，全都落在他微笑的臉上。

忽然間，他轉頭看向窗戶。遠遠地看著遭颱風肆虐的海洋，奪走沖晴家人、朋友的海洋，正在那裡張牙舞爪著。

彷彿遭人操縱般，他一步一步地朝著海走去。京香想像著沖晴方才的行動。

「還是不行。」

嘻嘻，沖晴露出大大的笑容，然後搖搖頭。

「一——點也不可怕。」

總是面帶笑容的志津川沖晴，該不會覺得自己喪失的那些情緒，可能會在某種因緣際會下重新獲得吧。

「這片海也是奪走人命的恐怖之海。不過那天吞沒我們的海洋，不是這副模樣。那不是海，只是戴著海的面具肆意吞噬一切。不管是顏色、氣味，統統不是海洋該有的樣子。」

——這也是海洋的面貌之一。

海洋彷彿要掩蓋沖晴剛才說的話，發出了前所未有的聲音。一聲怒吼，彷彿從地底傳來。相隔一秒，京香的眼前閃過一道影子。

如同泡沫又如棉花般，純白的浪花濺到京香臉上。大浪淹沒沖晴的身體，和京香回到階梯鎮那天的情形一樣，他從這裡掉入海中，身體消失在防波堤前端。

看起來，就像死神從海底伸出手來，一把抓走了男孩。

「沖晴君！」

京香朝他伸出手，用力過猛下，肩膀一陣吃痛。她淋濕的手掌摸到了沖晴的指尖，正當她以為自己快要抓到沖晴時，一陣沉悶的水聲傳進耳裡，胸口十分疼痛，眼前冒出大量的泡沫。水衝進京香的鼻子和嘴巴，令她喘不過氣。

哎呀，落海了。京香發現自己掉進海裡了，掉進那片因颱風而浪潮洶湧的海洋之中。

原本抓住沖晴的手鬆開了，他也不見蹤影，京香奮力地浮出海面，正打算大口換氣的瞬間，又被海浪打了下去。

海裡出乎意料地安靜，聽不見風雨的聲音。水質相當清澈，無數的泡沫往上漂浮，像彈珠一樣閃閃發光。

反正再過一年就要死了，現在死也沒什麼差別吧？一瞬間，京香聽見有個聲音這麼說著。說話聲裡夾帶著笑意。「又沒差。」京香驚覺那是自己的聲音。

「踊場姊！」一聲叫喚打斷了京香的思緒。有人抓住京香的衣服，將她拉出海面，硬是從鬼門關前把她拉了回來。

回過神來，京香發現自己仰著頭對著天空大口喘氣。

腹部和背部可以感覺到人的溫度，海浪不停地在臉上拍打著，讓她嗆了好幾次水。但她可以感覺到有人正拖著自己的身體，海浪持續拍打著，將他們拉回好幾次，最後終於隨浪潮被沖上了岸。

當京香趴著，設法將進入氣管的水吐出來時，背後又掀起一股大浪差點要擊中她。

此時有人拉住了她的手，將她拖離了海邊。

「妳沒事吧！」

沖晴讓京香坐在可以避風的堤防背面，俯視著她。臉上依舊帶著招牌笑容。

京香不停咳著嗽，大口吸氣、吐氣，吸氣，反覆幾次後，京香的頭腦也慢慢地冷靜下來。

「謝謝你救了我。」

京香先向他道謝，然後站起身來。身上原本穿的雨衣不見了，不知道是被海浪沖走了，還是沖晴在救她時覺得麻煩而脫掉了。

在如此洶湧的海面上，他居然還可以帶著一個人游泳，簡直就是怪物，不是人類！這根本不是人類辦得到的事情。

「明明面臨瀕死狀態，你還笑得出來耶。」

「我也沒辦法啊，因為我只能擺出這種表情嘛。」

如果是今天早上的京香，看著眼前這個洋溢著可愛笑容，還搔著自己一頭濕髮的男孩，一定會痛罵他一頓；如果是尚未得知自己時日無多的京香，或許會因為覺得他很噁心而逃得遠遠的。

不過，現在的踊場京香卻不可思議地展現笑容。「那就沒辦法了。」說完，她繼續咯咯笑著。

京香洗完澡後回到客廳，先洗好澡的沖晴正喝著熱牛奶。

他盤坐在沙發上，頭上披著毛巾，然後慢慢地對著白色陶製馬克杯吹氣。身上穿的男用T恤與棉褲，應該是外祖父的吧。

「京香要喝嗎？」

外祖母從廚房拿著馬克杯走了過來。京香接過飄著淡淡蜂蜜香氣的杯子，坐在沖晴對面的沙發上。外祖母則是坐在京香旁邊。

「真是會給人找麻煩的孫女和鄰居呢。」

「才沒有，我只是去找沖晴君而已……」

「我以為我會比預期的更快重返一個人的生活呢。」外婆瞄了一眼提出抗議的京香，語帶挖苦地說。

「沖晴你也真是的，為什麼挑這種惡劣的天氣去看海呢？」

「這個嘛……」沖晴本來一直看著電視播報颱風動態，笑著伸出大拇指刮著自己的臉說：

「這附近的海，風平浪靜的，我以為沒什麼關係的。」

「說什麼傻話，海就是海，這種天氣當然很危險。」

外祖母用一副「受不了你們」的表情看看京香後站了起來。

「馬上就可以吃晚餐了，今天吃茄汁燉肉丸，沖晴也一起吃吧。話說，我們家有多的棉被，你今天就住下來吧。」

「太棒了，謝謝您。感謝款待！」

沖晴連場面話也不說，兩眼發光。外祖母笑了笑，走向廚房。沒多久，廚房便飄出了蕃茄和大蒜的香味。

「為什麼你要確認自己是否擁有那些負面情緒呢？」

京香喝著杯中的牛奶，繼續剛才在防波堤的話題。「因為啊，」沖晴喝光熱牛奶後說：

「今天我一進教室，大家都躲著我，那時候我覺得心裡有一陣風吹過的感覺。我當時想，本來應該是要感受到悲傷才對啊。」

「那是因為你抱著貓咪的屍體啊。」

「但是，放著不管，車子會一直輾過牠，最後會變成一團肉泥耶。」

「你說得對，但是一般人就算想幫忙，也沒辦法徒手去摸生物的屍體。」

「班上的女生，都不想用我摸過的粉筆和板擦。」

這也難怪。

「我只是想確認看看，關於那些我失去的東西。」

失去的東西。人類五種基本情緒中，除了喜悅外的四種：悲傷、憤怒、厭惡、恐懼。以及家人、朋友、房子、故鄉……許許多多。

「你想找回來嗎？」

一回過神，京香察覺自己詢問著沖晴。

「沖晴君，你想拿回那些被死神奪走的情緒嗎？」

沖晴看著京香，臉上帶著一絲微笑。令人猜不透心思的表情、一張帶著對人類來說堪稱重大缺陷的扭曲臉龐。京香明白在那張笑臉之下，隱藏著一個哀嘆著、尋找著自己缺失情緒的他。儘管笑著卻也大感疑惑的沖晴，確實存在著。

「找回情緒這種自私的事情，我想都沒想過。」

他這麼說著。他覺得自己命本該絕，是因為用情緒和死神做交換，才能活著回來。

「我會活著，是因為我付出了同等的代價，現在想要取回來，祂不可能同意的。」

不過。

不過，沖晴確實說出口了。用一種聽不太清楚，沙啞且微弱的聲音說著。

「說我卑鄙也好，任性也罷，但有時候我還是會希望祂把那些情緒還給我。就像今天，大家都覺得我很恐怖的時候。」

「原來你也會有這種想法啊。」

無法掌握、看不清真相，就像積雨雲，不顧仰望著它的人們，逕自越升越高。不過，或許只有京香對他有這樣的想法。

「過目不忘，運動神經變好，受傷後很快復原。」
「對。」
「你的能力只有這些？」
沖晴再次看向京香。這次他臉上沒有嘻笑，只是靜靜地看著京香。
自從和野間同學談過話之後，京香就一直在想這件事情。想了很久很久。結果因為貓咪屍體和恐怖片，讓她忘得一乾二淨。
「比如說，知道人什麼時候會死，之類的。」
「答對了！」
沖晴乾脆地點頭。爽朗地就像氣候宜人、萬里無雲的夏日天空。
「正確來說，我可以看出一個人正接近著死亡。」
「我聽野間同學說過你在老人之家當志工的事情。」
「和我交情變好的人，接二連三死掉的事？」
看著變溫的熱牛奶，京香毫不猶豫地點了頭。和他談話，京香覺得自己成了愛作夢的中學生。一種從現實抽離，雙腳飄飄然的不自然感，朝京香席捲而來。

「能提早多久前看到是因人而異，不過不久於人世的人，臉會變得透明。而且會越來越透明，等到了死亡前夕，連表情都看不清楚了。」

「所以，你是刻意在老人之家，和那些瀕死之人積極培養關係嗎？」

「因為他們時日無多了，我想盡可能地讓他們開心一點。」

外祖母在廚房裡喊著沖晴。晚飯好像已經準備好了。「快點來吃吧！」聽到外祖母的叫喚，沖晴在沙發上站起來回應。

「問你喔，我看起來有變透明嗎？」

京香看著他的背影，提出了問題。她沒辦法不問，即使早已清楚自己只剩一年壽命，她也想知道答案。

「沒有啊。」

沖晴站起身來，笑得有如花朵綻放。他把毛巾放在沙發上，手指著廚房。

「魔女看起來也很正常，請放心。」

沖晴臉上的笑容從未停止，彷彿受到蕃茄醬汁味道的吸引般，他走進了餐廳。京香留在原地好一陣子。原來，自己的死期還沒到；自己還不會死；得知這個事實，京香鬆了一口氣，得知自己還能繼續活下去，覺得既放心又高興。

無論做了多少心理準備、無論怎麼說服自己接受事實，心裡深處仍有一個害怕死亡的自己存在。沖晴說的話讓京香發現了這一點，就這樣赤裸裸地攤在陽光下。

「京香，飯菜要冷掉嘍。」

聽見外祖母催促，京香急忙前往餐廳。她坐在自己每天坐的位置，外祖母端來白飯也就定位。四人座的餐桌上多了沖晴，感覺有點奇妙。就像在可麗餅上放了自己平常絕對不會點的配料。

餐桌中央的淡綠色琺瑯鍋中，裝著鮮紅的蕃茄醬汁和肉丸，還放了大量的洋蔥和菇類作為配菜。外祖母從鍋中盛出放在小碗裡，放在兩人面前。

我開動了！三個人同時合掌說著，然後用筷子切開大顆的肉丸。外祖母做的肉丸太大，沒辦法一口塞進嘴巴裡，與其說是肉丸，比較像是小型的漢堡排。

「啊，有檸檬的香味。」

沖晴用筷子夾著肉丸時說道。

「我在醬汁裡擠了一點點檸檬汁，你也可以試試看。」

「之前妳分我的檸檬，我全部做成蜂蜜檸檬了。」

「這裡還有，你再拿點吧。兩個人吃不了這麼多。」

「那我不客氣了。」沖晴笑著回答，夾了一口丸子送入口中後就動也不動。不知道為什麼，他的表情很僵硬，手也突然發起抖來。

彷彿遭神操弄般，平時總面帶笑容的他，笑容漸漸地隱沒。好似冰塊融化消失般，最後變得面無表情。

咚，他用力放下碗和筷子，衝出餐廳。由於速度太快，京香和外祖母只能看著他跑出去。

「……沖晴、君？」

京香離開餐桌去追沖晴，穿過客廳來到走廊，發現廁所門開著。

嘔、嘔……一陣嘔吐聲傳來。

沖晴抱著馬桶，全身不斷痙攣著，把胃中的食物全吐了出來。即使吐到無物可吐，他仍持續作嘔著。

「怎麼了？還好嗎？」

京香輕撫著沖晴的背，他慢慢抬起頭。手摀著嘴巴，急喘著氣。

「……貓咪。」

沖晴虛弱地回答。

「貓？」

「看到肉丸和蕃茄醬汁……讓我想起早上那隻貓。」

說到這裡，沖晴又開始作嘔，他再度趴向馬桶，卻只吐出胃液。

「奇怪……可是你……」

雖然京香覺得看到蕃茄肉丸想到貓咪好像有點牽強，但沖晴明明沒有「厭惡」的情緒。怎麼會突然對貓屍體產生厭惡感呢？

沖晴用雙手摀住臉，全身發抖著。

「為什麼會突然這樣……」

不舒服、討厭、厭惡。明明自己不會有這樣的情緒啊。沖晴的眼裡充滿疑惑，只是不斷地重複說著「為什麼」。

「……好噁心。」

沖晴擠出這幾個字，京香將手放在他的背上，想說些什麼。想了又想，仍找不到適合的話語。

「沖晴，沒事吧？」

外祖母探頭看著沖晴。「我去拿杯水過來。」外祖母說道。京香代替沖晴點了頭。

「我的手……」

沖晴呆楞地看著自己方才摀過臉的手。

「為什麼我敢用手去摸呢？」

沖晴的手上應該還留著貓咪屍體的觸感，一直看著手掌的他，改為衝向廁所旁邊的更衣處。他的背影搖搖晃晃，感覺需要有人扶他一把。

他把洗手台水龍頭的水開到最大，在水流下不停地搓著手。一次又一次，不停地搓著，使勁地搓著。然後抓起肥皂搓出大量泡泡，用力搓洗雙手。

明明手上已經沒有血跡，也沒有貓咪的毛髮或是體液，外觀看起來十分乾淨。

像是要洗去留在手上的「死亡污穢」，他固執地持續搓洗自己的雙手。

外祖母拿著裝滿水的大玻璃杯回到兩人身邊。看著站在更衣處的京香和面對洗手台的沖晴，一臉不知所以然的表情。

「你沒事吧？」

沖晴甚至聽不見外祖母的聲音。

「……我不懂。」

砰。房子某處的防雨板發出劇烈聲響。現在正是颱風最接近階梯鎮的時候。

就好像，死神將過去所奪走的「厭惡」，藉著颱風又交還了給沖晴本人。

第三章

死神奪取性命
志津川沖晴怒不可遏

沖晴望著舞池咖啡館的出入口發呆，背後傳來一陣腳步聲，他無須回頭也知曉來者何人。

「火葬儀式還沒結束，妳不用留在現場嗎？」

來者是踊場京香的外祖母，她身穿全黑的喪服——看起來就像在世界裡挖了一個洞。她一步一步走下磚瓦階梯，頭上戴著有面紗的帽子，沖晴看不清楚她的表情。

「因為我有點累了，但離結束還有一段時間，所以想回來休息一會兒。」

京香的外祖母脫下黑色手套，用手帕拭著額頭的汗水。

沖晴重新抱好手中的向日葵後問道：

「魔女，妳都沒哭呢。」

「葬禮還沒結束，還不是時候。」

「好熱啊。」京香的外祖母穿過石拱門時低語著。

「我先生和京香的母親過世時，我都是這樣的。葬禮結束後有的是時間可以哭，現在就先省省力氣。」

她說得一派輕鬆。沖晴這才意識到，和她相比，自己根本沒有做好心理準備。早已明白，踊場京香遲早會死；明明心裡清楚，也調整好心情才和她在一起，但自己的內心卻無法接受這個事實。

「你接下來打算怎麼辦？」

京香的外祖母回過頭問道。

接下來。沒有踊場京香的、接下來。

「沒問題的。」

沖晴簡潔回答後，外婆不著痕跡地轉移話題。「要不要來點冰紅茶？」外婆問道。海風吹拂，攀爬於京香家那棟西式風格建物外牆的地錦也跟著擺動搖曳，看起來像正開懷大笑著。

「不用了。」

說完，沖晴走下階梯，往海的方向前去。那個人，沒有消失。

所以沖晴不必再單靠著「喜悅」過日子，也不再需要憑藉「喜悅」的情緒保護自己。

因此，死神將所有情緒還給了沖晴。祂嘲笑著沖晴，要他忍受這一切，痛苦地活下去。於是，祂帶走了踊場京香。

✦

「啊！我忘了。」

外祖母的聲音和銀色水壺水燒開的蒸氣氣笛聲重疊在一起。

「怎麼了？」

京香急忙將剛燒好的熱水直接倒入裝有茶葉的沖茶壺裡。泡茶時，她盡可能地將水壺靠近爐火，因為水壺若離火源太遠，熱水的溫度會下降。

「今天沖晴的便當菜，我想做香煎雞排，但我猶豫要不要加蕃茄醬。」

「原來啊。」京香說完看向身旁的外祖母。她手邊的平底鍋中正在煎著雞胸肉，旁邊擺著蕃茄及切碎的洋蔥，應該是想利用煎雞肉逼出來的油脂來做成蕃茄醬汁。

「我覺得先別用蕃茄醬好了。」

京香確認陶製茶壺中的茶葉完全舒展開後，拿起厚片吐司及沙拉，和茶壺一起端到桌席座位。「讓您久等了。」她對常客說道。「妳已經很習慣店裡的作業了呢。」常客也笑著誇獎她。

回到吧檯後，外祖母正用醬油炒洋蔥，製作洋蔥醬，最後好像決定不用蕃茄了。

「沒關係的，蕃茄泥我可以用在午餐義大利麵的醬汁裡。」

外祖母說完，將便當裡的香煎雞排淋上洋蔥醬，一式兩份，沖晴和京香都有便當。

階梯高中參加的合唱大賽的預賽即將於月底舉行。整個七月的週末都安排了長時間的練習，從中午一直練到晚上。

週六這天的練習行程也是預計從早上十點到傍晚六點。前幾天大家忙著準備期末考，直到昨天都沒怎麼練習，所以今天的練習大家一定會加倍努力。外祖母也為在社團裡幫忙的京香（結果真的成為大賽時的伴奏）準備便當。

今天的便當是改成洋蔥醬風味的香煎雞排、普羅旺斯雜燴、沙拉與大量的五穀飯，還有一個磅蛋糕，可能是飯後點心，或是下午茶點心；蛋糕上點綴了檸檬切片，這是外祖母拿手的紅茶檸檬磅蛋糕。

「還好沒有變得不敢吃肉。要是長期營養不均衡，身體會搞壞的。」

幾週前——今年第一個颱風帶來暴風雨的那一天，志津川沖晴取回了「厭惡」的情緒。看著蕃茄燉肉丸，讓他想起貓咪的屍體而大吐特吐。自那之後，外祖母會特別用心製作沖晴的便當菜。

叮鈴，門鈴聲響起。兩人討論中的主角沖晴，面帶笑容、道著「早安」進了店門。

「你差點沒趕上，早餐時間剩下十分鐘而已。」

外祖母邊說邊把厚片吐司放進烤箱。

「因為，玄關旁邊的樹上吊著一隻毛毛蟲，要出門有點麻煩啊。」

沖晴坐在吧檯座位，表情因為回想起剛才的情景而顯得僵硬。他縮著肩膀，眉頭皺在一起。

「毛毛蟲？」

京香從冰箱拿出早餐套餐的沙拉放在沖晴面前問道。

「那棟房子已經很老了，旁邊又都是樹，出現毛毛蟲也是正常的。」

「而且，我猛一看，旁邊的葉子背面有超多小小的毛毛蟲爬著，害我一大早就看到噁心的東西。」

沖晴用手摩擦著自己的上手臂，和初遇京香時的狀態明顯不同。

「然後呢，你怎麼處理毛毛蟲？」

「因為太噁心了，我不敢摸，所以放著不管了。」

沖晴用叉子戳著沙拉中的小蕃茄放進口中，「希望傍晚回家時牠就不見了。」他笑著說。

京香將剛烤好的吐司遞給沖晴，接著在放滿冰塊的玻璃杯中注入紅茶，製成冰紅茶。

「太棒了！我正好想喝冰的。」

初見面時，他是一個總是面帶笑容的神秘高中男生。後來慢慢熟識後，覺得他是一個有著瘋狂行徑的可怕少年。

現在則感覺像是沒開好頭的蕾絲編織——扭曲又奇怪的存在。

沖晴吃完早餐後，拿著便當離開咖啡館。京香也拿起放在吧檯座位的包包，隨著沖晴離開。

「你還有其他會覺得噁心的東西嗎？」

爬著磚瓦階梯，京香對著沖晴的背影詢問。

「你會覺得蟲很噁心，那表示你真的取回『厭惡』這個情緒了吧？」

雖然沖晴在颱風天晚上，因為對貓屍體的厭惡感而嘔吐，但他一直不肯承認自己已取回厭惡的情緒；應該說，他不明白到底是為什麼？

雖然京香覺得從認識沖晴到現在，他都有點不太正常，但對沖晴本身而言，過去九年都是這麼過的，無法接受突然的轉變也是情有可原。

「玉米。」

沖晴回過頭嘟囔地說。

「玉米？」

「前天，魔女給了我一些玉米，昨天我本來想水煮來吃，結果看著看著，我就起雞皮疙瘩了，排列整齊的顆粒看了還沒什麼感覺，但前端那些不規則的顆粒，讓我覺得很不舒服。因為很好吃，我還是吃完了，不過我很努力地避開視線不看它！」

沖晴話說得越來越快，看起來不像是刻意誇大。他又像在咖啡館時一樣摩擦著上手臂，一階一階地爬著樓梯。

「那是不是叫做密集恐懼症？」

「那是什麼？」

「就是看孔洞啊、突起的東西聚集在一起，會覺得不舒服的症狀。好像也有人稱作密集綜合症……不過你的情況好像又有點不同，因為你不會感到恐懼。」

持有厭惡感這件事，比較類似症狀發作的感覺。

「這麼說來，你的厭惡情緒，怎麼想都是已經取回來了吧？」

「現在我看到蟲會覺得噁心，看到玉米也覺得不舒服，還有點怕貓，也只能承認了。」

兩人一前一後地走在通往階梯高中的窄道上。「我真的嚇到了。」沖晴笑著說。雖然我一直想著「請祂把情緒還給我」，但真還給我了，我反而不知道怎麼和厭惡的情緒相處。他穿著白襯衫的閃耀背影，彷彿這麼說著。

「之前從來沒有發生過這種事對吧？」

「那當然啦，自我經歷過海嘯後，這九年來絲毫沒有可以取回來的跡象。」

「那其他的情緒呢？像是害怕或生氣之類的？」

「我看那些大家說超可怕的電影，或是那種絕對感動落淚的小說，心情還是一樣毫無起伏。」

「你覺得為什麼會突然取回失去的情緒呢？」

聽見京香的問題，沖晴並沒有馬上回應。他默默地走在石牆之間的狹窄小路上，「嗯——」了一聲，然後歪著頭笑了。

「踊場小姐，妳覺得是為什麼呢？」

「我覺得應該是掉進海裡的關係？」

「果然妳也這麼想。」

暴風雨席捲的海洋與海嘯，兩者的本質上完全不同。但他又經歷了一次和九年前相同的落海經驗，這次經驗和在海中或泳池中游泳，還有遭海鷗襲擊落海的情況都不一樣，海中那股瘋狂的力量，幾乎要奪走他們性命。

「會因為這麼簡單的事情就還給我嗎？」

沖晴低聲說著，不知道是對京香說還是對自己說，或者是對著其他不知名的東西說。

「我覺得在颱風天落海，不算是『簡單的事情』耶。」

京香自己也因為落海，而做好了死亡的心理準備。同時，她也重新認知到自己對死亡的恐懼，儘管她原以為自己可以坦然面對。

「踊場姊，」

穿過小巷，來到階梯高中前的道路——上次沖晴抱起貓咪屍體的地方。附近剛好有貓，沖晴停下腳步凝視著牠。

「我啊，還有一個變得奇怪的地方。」

沖晴帶著微笑轉頭看著京香。雖然笑著，但其實他原本想展現的是其他的情緒吧，京香不明白為什麼自己看得出來，難不成，是自己和他一同落入海中的緣故嗎？

「我開始記不住事情了。」

沖晴說道，儘管他臉上笑容依舊，聲音卻有點淡漠。

「前幾天的期末考，我發現之前明明學過的英文單字和數學公式，全都不記得了。」

「可是，你不是看過一次或聽過一次就不會忘記嗎？」

京香指的是當時他將情緒交給死神以交換獲救的機會，然後自海中生還後，就擁有了異於常人的奇蹟力量。

「我也不清楚。雖然不知道為什麼，但就是忘記了。這次的成績可能會很糟糕吧。」

沖晴把手放在下巴，笑得有點苦惱，肩胛骨周圍感覺有點緊繃。京香覺得自己又打開了不該開的盒子。無論是沖晴向自己坦承沒有「喜悅」以外的情緒時，或是在他家發現大量恐怖電影DVD時，都有這種感覺。

「那其他的呢？像是過人的運動神經、受傷立刻痊癒，還有可以看到其他人死期之類的能力呢？」

糟了。京香心中雖然相信他說的話，但實際說出口，還是覺得自己太可笑了。

「我想身體能力和治癒能力應該沒有消失，昨天考完試後，志工社有去老人之家慰問長輩們，我還是有看到幾個變得透明的人，所以能力還在。」

「這樣啊。」沖晴平淡地說出老人之家近期將有人過世的事，京香只能先口頭附和他。

她不知道該回答「太好了」還是「太可惜了」。

「所以你一取回『厭惡』情緒的代價就是瞬間記憶力消失啊。」

「如果規則是歸還一個能力，就能拿回一個情緒的話，大概就是這樣了。」

但死神真的會這麼善良嗎？話說回來，如果當初拿走「悲傷」、「憤怒」、「厭惡」、「恐懼」這些情緒來拯救沖晴的話，若取回所有感情，沖晴可能會喪失性命。

啊哈哈。沖晴有點為難地笑了。「只能這樣了。」他說。他像是用手撫摸著剛取回的「厭惡」情緒，對京香微笑著。

「我嘗試露出笑容，但心裡第一次有別種感覺，所以覺得不太自然。」

一走進校園，京香也熟識的數學和英語老師，兩人一起上前攔住了沖晴。

「志津川，發生什麼事了？」「身體不舒服嗎？」兩人連珠砲似地逼問著沖晴。應該是昨天改完考卷後，發現他和以往不同，英語成績甚至掉至平均值以下。

兩人驚訝地看著一直笑得曖昧的沖晴，「職員辦公室已經亂成一團了。」他們對京香嘟囔完後便離開。照他們說的話看來，連數學和英語以外的科目分數也是慘不忍睹。

即使取回了「厭惡」的情緒，即使瞬間記憶能力消失，沖晴的生活仍一如往常。唱歌一樣好聽，每天練習得很開心。歡喜地吃著外祖母做的便當，而且從來不缺席課後練習。儘管考試成績不太理想，不知道是不是原本就擅長唱歌，所以在合唱中表現得相當出色。

京香邊彈鋼琴邊想著這些事，使她差點彈錯音，她急忙集中精神認真演奏。

身為合唱比賽的伴奏，京香完全不敢想像，自己要是不小心在正式比賽中失手的話該怎麼辦。

因為人數不多，合唱團的演唱能力更是經過精雕細琢。雖然要擠進全國比賽有些難度，但應該至少可以躋身縣級比賽。正當京香聽著高音部獨唱，心裡如此盤算時。

嘎啦嘎啦。音樂教室的門發出怪聲，一名男老師衝了進來。從他凌亂且急促的腳步聲看來，應該是帶來了不太好的消息。京香下意識地想。

「藤原友里同學在嗎？」

老師說的每一個字，聽起來都相當沉重。「……我就是。」合唱團團長藤原友里瑟縮著回答。

「妳家人打電話過來說，住在山上老人之家的祖母，進了急診室。」教室裡引起小小的騷動，接著像潮水退去般慢慢消失不見。京香放在琴鍵的手指微微顫抖，發出了「咚」的聲音。「哪一家醫院？」藤原同學像驚醒般地抬起頭來，詢問男老師。

「妳的家屬會馬上過來接妳，妳趕快準備準備，到校門口集合。」瀨戶內老師迅速地移動腳步，一把抓起了藤原同學放在教室角落的包包。

「雖然時間還早，但今天的練習先到此為止。後續打掃和上鎖就麻煩大家了。」

老師推著藤原同學的背，離開了音樂教室。「不好意思，驚擾大家。」說完，男老師也急忙離開。

「原來啊。」

沖晴的聲音。說話的聲音雖不大，卻響徹了整間教室。

沖晴看著音樂教室的窗戶，嘴角突然上揚。像是一陣風吹拂過般，輕鬆地笑了。他笑著。

「那位長輩，原來是藤原學姊的祖母啊。」

聽見沖晴說的話，野間同學以迅雷不及掩耳的速度扭頭看向沖晴。

「什麼意思？」

野間同學朝沖晴接近一步。她的側臉說明了她深信這和沖晴有關。

「你剛剛說的話，和昨天志工社去老人之家拜訪有關嗎？」

沖晴沒有回答。只是一直笑著看著野間同學。不知道野間同學如何看待他現在這個樣子呢？不知道她看著沖晴的同時，心裡有多麼不舒服、多麼詭異、多麼毛骨悚然。

「一直和志津川君聊天的老奶奶，名字就是藤原吧？」

沖晴點頭回應野間同學的問題。其他無事可做的團員們，聽了之後面面相覷。哎呀，這下糟糕了。京香心想著然後站起身來。

「好了，今天的練習已經結束了，大家早點收拾回家吧。」

啪。京香拍了拍手，她故意拍得很大聲。京香主動關了窗，野間同學看著她，似乎想說些什麼。京香能感受到身後野間同學的灼熱視線。

結果，藤原同學的祖母搶救無效，聽瀨戶內老師說，藤原祖母本就罹患心臟疾病，當天夜裡便辭世了。

✦

京香拿著外祖母要慰勞合唱團的檸檬果凍，百般不願下顯得更加沉甸甸。她重新拿好放有保冷劑的籃子。心情不好其實不是果凍的錯，她一邊想著一邊經過階梯高中的正門。

考完期末考後，學校裡彷彿瀰漫著清新的空氣以迎接暑假的到來。一名棒球社社員，在烈陽之下正用水管對著球場灑水，絲毫不在意陽光直射。晶瑩的水珠在陽光下飛舞，京香側目而視，走到教職員專用出入口換鞋。一群學生跑下階梯，正準備去參加社團練習。

「京香老師。」

京香關上鞋櫃門時，一位女學生來到她面前。

「……野間同學。」

「那個，」野間同學一臉陰鬱地說著。表情和她身上涼快的短袖襯衫毫不匹配。

「友里學姊，好像從今天開始回歸練習。」

自藤原同學的祖母過世已經過了一週。即使守靈、葬禮結束後，她也沒有返校上學。聽說她是由祖母一手帶大的，不難體會她的心情。

不過，京香明白她不是單純為了這件事來找自己的。

「還有，有關志津川君的事情。」

果然這才是真正的目的啊。野間同學從百褶裙的口袋裡拿出手機，在螢幕上點了好幾下後，將手機遞給京香。「請看這個。」野間同學說。

畫面上顯示的是通訊軟體的對話介面。京香就讀大學時，也利用相同的軟體建立群組，來和社團及朋友保持聯繫。

但是，京香立刻發現，這個群組並不是為了以「健康愉快為目的」所建立的。

「其實，這本來不應該給群組外的人看的。」

「這是為了講某人壞話而建的群組吧。不管哪個學校都一樣。」京香的口氣變得冷漠。之前工作的都立高中也發生過這種事。

他們會在通訊軟體內建立群組，用來講某人或某個團體的壞話，在裡面沾沾自喜地瘋狂攻擊某人。由於在暗地裡進行，老師也束手無策。

「這是專門講沖晴君壞話的群組？」

對話窗裡並沒有出現沖晴的名字，京香卻明白這是個討論他的群組。

「他是轉學生，成績和運動都很優秀，還整天笑臉迎人，應該有很多人嫉妒他吧。」

京香往回看那些不知名人士所發的文字。有人說沖晴成績很好就瞧不起人；有人說他不過是轉學生裝什麼熟；有人說因為他而失去了正式隊員的位置；有人說他仗著自己運動神經好蹺掉社團練習很令人火大，也有人說他八面玲瓏等等的。

這些留言，開始出現的時間大約是兩週前，都是在他笑著徒手抱起貓咪屍體後開始的。那一天，大家所留的留言相當惡劣，說他噁心、不想接近他、那傢伙不太妙之類的文字。京香雖然明白他們的心情，但這些文字看起來仍十分惡毒。

「大家累積的怨恨，都因為那件事而發洩出來了。」看見對話訊息中的「死神」二字，京香的手指立刻停了下來。

「和那傢伙講話的人都會死。S是死神。」

S應該就是指沖晴吧。這麼寫，是預防萬一本人看到這則訊息，也為了不要留下證據。

京香把手機還給野間同學。「野間同學也留過言嗎？」聽見京香的問題，她一言不發，表情顯得尷尬。

「都加入群組了，當然會留言吧？妳該不會把老人之家的事也寫上去了？那些和沖晴君關係交好的長輩都會過世的事？」

京香十分注意自己的口吻，盡量不要給她逼問的感覺。雖然臉上堆著笑容，內心卻很冰冷。之前擔任教師時，當負責的班級或是社團有問題時，她常常用這種方式釐清事情原委。

「我看見志津川君抱著貓咪屍體還笑得很開心，就忍不住……不過，我馬上就刪掉了。可是大家看到那個留言後，開始在私底下叫志津川君死神。」

京香回想自己高中時代是否曾發生過類似的事情，答案是有的。差別在於當年並非使用通訊軟體，但確實發生過。無論何時何地，相同的事件總是一再發生。

「友里學姊奶奶過世的事，大家也在群組裡面說，會不會是志津川君害的。」

「在APP裡說？還是在教室裡？」

「兩邊都有。」

「那沖晴現在在教室裡情況如何？」

「大家開始有點避著他，不過本來跟他交情特別好的人還是很要好，只不過他們也開始察覺到班上的氣氛有點不對勁。」

哎呀，這真的很糟糕。京香閉上雙眼，心裡覺得懊惱。

「志津川君在老人之家和友里學姊奶奶說過話的事，我沒有告訴班上同學。可是有其他志工社的社員到處去說。」

「嗯，我明白，先別說了。」

野間同學自己也沒有想到，自己的留言會成為大家惡意批評沖晴的起因。她原本只是想要說出心裡那股不信任感而已。雖然很膚淺，但這就是高中生。

看著雙唇緊閉的野間同學，京香輕輕嘆著氣。她和沮喪的野間同學一起走向音樂教室。總之，等練習結束再找瀨戶內老師商量，京香在心中下著決定。打開音樂教室的門之後，卻讓她不自覺停下腳步。

「啊，京香老師午安。」

許久未到校的藤原同學，一個人站在黑板前方，看起來和往常一樣，臉上看不出憔悴模樣。

「午安，妳今天來得真早。」

「大賽前夕，我卻一整個禮拜都沒來參加練習，所以今天想要加倍練習。」

她拿著白粉筆在黑板上寫著今天的練習行程。流程大致上是基本練習完之後，緊接著是大賽指定曲目和自選曲目。有空閒時間的話，再練習九月文化祭要演唱的歌曲。

這其中當然也包括那首歌曲，那首為北方大海嘯犧牲者所作的歌曲；讓人懷念逝者的歌曲。

「藤原同學。」

京香忍不住走向正在拍掉手上粉筆粉末的藤原。

「今天要不要練習大賽的歌曲就好？天氣滿熱的，努力過頭也不太好。」

「我可以的。」

藤原的回答雖然溫和卻帶有一絲頂撞。應該是察覺到京香想要插手介入。

「文化祭對合唱團而言，是少數可以在校內發表成果的場合，而不是大賽的附屬品，我想要對全校師生展現好成果。」

藤原同學說完後，瀨戶內老師也走進音樂教室。老師看了藤原所寫的練習行程後，和京香說了一樣的話，藤原同學也報以完全相同的回答。

只不過——合唱團久違的全員到齊。先進行基本練習後，大賽指定曲和自選曲則由瀨戶內老師依照聲部個別指導，當京香開始演奏要在文化祭上獻唱的歌曲時，音樂教室內的氣氛突然變得緊張起來。如往常般的練習風貌中，出現了裂痕。

前奏感覺比以往來得更長，不管怎麼彈，人聲都沒有出現。不，乾脆別開始唱比較好。當京香這麼想時，六人份的歌聲，如同漲潮一般，不由分說地、殘酷地蓋過了琴聲。

這不是合唱團平時的演唱方式。高音部和中音部的聲音感覺有些尖銳，每個音符都像敲在石橋上般僵硬。六人中只有沖晴的歌聲一如既往，就像少根筋似地悠揚、清晰，刺痛著側耳傾聽的人們。

這首歌曲比喻失去重要事物的人們，懷抱著失親之痛重新邁出步伐，有如花朵盛開一般；是一首緬懷死者的歌曲。進入第一段副歌後，藤原同學的聲音便顫抖得無法繼續唱下去。她站在原地，雙手掩面，聲音哽咽著。

歌聲漸落，琴聲也停了下來，藤原同學趴在隔壁女同學身上哭泣，看她這副模樣，京香有種似曾相識的感覺。

「藤原，妳今天先回家吧，不用太勉強自己。」

京香聽到瀨戶內老師的話，立刻站了起來。

「……我送她回去。」

京香拿起藤原同學的書包後，拍了拍她的肩。藤原同學先是點點頭，「不好意思，我先回去了。」接著向瀨戶內老師和其他同學鞠躬道歉，沒有人表示任何意見。

喔，不是所有人。

「辛苦了，藤原學姊。」

沖晴笑著對藤原說。

「希望妳早日恢復精神。」

他身邊負責中音部的社員使勁地踩了他一腳，強制他閉上嘴巴。「好痛！」沖晴縮肩大叫著。

「我們走吧。」

京香摟著藤原同學的肩膀走出音樂教室。藤原同學抬起白皙手臂擦拭著眼角淚水，接過京香手中的書包，穩穩地揹在肩上。「不好意思。」她向京香表示歉意。

「我的母親，也是在我高三的時候過世的。」

走在走廊上，京香對藤原同學說出自己從未向朋友或戀人提過的話題。藤原同學靜靜地抬起頭，一言不發地注視著京香。

「她長期對抗著病魔，但在高三的全國合唱大賽前過世了。」

「可是，妳有參加全國大賽啊。」

「我母親知道我一直很認真練習，我想她應該比較希望我去參加。」話音剛落，走廊上的寂靜瞬間包圍著兩人。外頭蟬鳴聲不絕於耳，還聽見圍棋社下著棋子的聲音。

有人的笑聲從走廊盡頭傳了過來。

「我不是想說這世上多的是比妳難過的人。」若真是如此，這個地球上的人便不再擁有哭泣、難過或是生氣的權利。

「當然我也不是要妳立刻振作精神，只是我大概能夠體會妳現在的心情。」無論旁人如何溫柔以待、鼓勵打氣都無法掩蓋心中那股失落感。但光是有人能夠體諒，自己的心情便能獲得平靜；光是有人表示：我願意當你的情緒出口，自己便如同獲得了救贖一般。

「奶奶是前年入住老人之家的。起初，我一個禮拜會去探望她好幾次。」

藤原同學出神地望著腳下，一步一步慢慢地走，有時可以聽見她啜泣的聲音。

「後來我當上合唱團團長，練習變得越來越忙，也越來越少去看奶奶，最近甚至一個月才去看她一次。可是奶奶不但沒有生氣，也不會說她覺得孤單，反而笑著對我說『我很高興看到妳熱愛校園生活』。」

「妳覺得早知道就多去看看她，是嗎？」

藤原同學想了想，點頭回答了京香的問題。

「大家都是這樣的，並不是每個過世的人和留在世上的人都這麼幸運，可以了無遺憾。」

「京香老師的母親過世時，有什麼遺憾的事情嗎？」

「因為對抗病魔的日子真的很辛苦，我現在覺得，當初應該選擇讓她更舒服的方式，不要讓她那麼難受。」

也許，這個遺憾和京香被告知只剩一年壽命有密不可分的關係。既然難逃一死，那麼就選擇平靜地、安詳地死去。京香不希望重蹈母親的覆轍，也不希望把當年那種遺憾強加在外祖母身上。

「所以，事情就是這樣。藤原同學並不是個壞孩子，每個人都會有『早知道就幫過世的人多做點什麼就好了』的想法喔。」

走下樓梯，兩人在出入口更換鞋子。外頭很熱，京香眼前看到足球社員正在草地上練習，京香光是看著他們的身影，就覺得自己出了滿身大汗。

天空中積雨雲層層疊疊，看起來更高更廣。炎熱的天氣和似乎要壓垮京香的雲層，突然讓她想到沖晴的臉。

「沖晴君雖然令人火大，但妳就原諒他吧。」

「妳說沖晴嗎？」

「我也覺得他的神經有點大條，但他沒有惡意……我的意思並不是沒有惡意就必須原諒他，而是他也有他的難處。」

聽見京香吞吞吐吐的說著，藤原同學露出了微笑。真的好久沒看到她的笑容了呢。

「沖晴轉過來的這段時間裡，我早就領教到他的神經有多粗、有多不懂察言觀色了。我沒有生他的氣。」

藤原最後一次用力吸著鼻水，用手指擦擦泛紅的眼角。

好熱喔。藤原同學邊說邊走向學校正門時，背後傳來一陣奔跑的腳步聲。

「友里。」來者叫喚著藤原同學的名字。

一名男學生皺著眉頭出現在她們面前，他穿著釘鞋和藍色的訓練服，是足球社的社員。

「妳今天去團練了？」

男學生甚至沒有看京香一眼，直接對著藤原說話，京香從他說話的口吻和聲調察覺，這人是藤原同學的男朋友。

「妳哭了？」

沒等藤原同學回覆，男同學繼續說著。表情也變得可怕且煩躁。

「嗯，練習時忍不住哭了，今天我就先回家了。」

藤原同學低著頭回答，掩飾著自己一雙泛紅的眼睛。

「妳等到我足球社練習結束吧。」

「不用啦，練習看起來沒那麼快結束，我先回去了。」

「勝矢——！別在那邊跟女朋友放閃啦！」京香聽見有人在操場大叫。「吵死了！」藤原對著操場回答，稍微推開勝矢後開始往外走。

「總之，我沒事了，你趕快回去練習吧。」「可是，」「真的沒關係，我沒事。」「可是妳看起來就不像沒事啊。」京香靜靜地看著兩人一來一往，接著勝矢一臉不悅地追問她。

「友里，那個轉學生志津川是不是對妳說了什麼？」

「什麼？」藤原同學表示疑惑。京香聽了也做出同樣的反應。

他該不會是聽見了剛才京香要藤原同學原諒沖晴的話吧。

「嗯？為什麼突然提到沖晴？」

「你應該知道大家背地裡都怎麼說他的吧？每個人都說是他害死了友里的奶

奶。」

「不可能有這種事。」

藤原同學丟下這句話後便離開了。「別跟過來。」勝矢似乎還想說些什麼，卻被藤原同學出言制止。

勝矢急忙追上藤原同學，一臉抱歉地向她賠罪。

「你最近管得好像有點多，太過拘束讓我覺得很困擾。」

「啊……這樣啊。」

藤原同學快步地往前走，方才有氣無力的樣子已不復見。

「他不喜歡我跟沖晴關係太好，才會相信那種愚蠢的傳言。他們都暗地裡叫沖晴『死神』，真的太蠢了。」

不要把我奶奶的死當成你們造謠中傷的工具。藤原同學的側臉，彷彿這麼說著。

京香原本想送藤原同學回到家，藤原同學卻在出了校門後和她道別。「都是勝矢害我一肚子氣，讓我稍微恢復了精神，我可以自己回去。」藤原同學說。京香靜靜地目送著她走下坡道。

只是藤原一個人不在而已，剩下六名合唱團員的歌聲便難以取得平衡。合奏的效果也不太好，整個教室充滿著「還有必要繼續嗎」的氣氛，當六點社團活動結束的時間一到，大家也就順勢結束了今天的練習。

「不知道藤原現在怎麼樣了？」

瀨戶內老師在音樂準備室中翻著社員名冊，露出一臉憂愁。她本來應該想要打電話到藤原同學家詢問狀況吧。

「我送她回去時，樣子看起來還算穩定。」

「藤原是個能幹的孩子，但我反而擔心越能幹的孩子會不會更脆弱。」

「話說回來，妳以前也是這樣呢。」瀨戶內老師補充一句後，伸手去找被埋在資料下方的座機電話。

當初京香在母親的喪禮過後兩天就來參加合唱團練習時，老師也相當擔心。「不用太勉強自己。」老師當時也對京香說出相同的話語。而當時的京香沒有一絲勉強，也不是急於逃避母親死亡的事實。

只是，想要用盡全力去感受自己仍活在這個世界上而已。

京香看著老師單手拿著話筒和藤原同學的母親說話時，想起了當時的感受。

「踊場姊──我們一起回家吧。」

老師掛上電話，同時間沖晴打開了音樂準備室的門。假日兩人一起來學校，當然也要一起回去。

兩人向瀨戶內老師打過招呼後離開音樂室。京香確認過周遭沒有其他人之後，戳了戳沖晴的肩膀。

「你不能說那種話啦。」

「哪種話？」

「你不能對藤原同學說要她打起精神來啊。因為即便她想打起精神，心裡那個裝有精神的地方卻是空空如也啊。」

「可是，大家都對我這麼說呀？」

沖晴的口氣中沒有諷刺也不是找碴，兩眼看著京香，眼神清澈得嚇人。京香差點走不動腳步，她掩飾般地清了清喉嚨。

「……你是說，九年前嗎？」

「『雖然失去家人了，但還是要打起精神』或是『光是獲救就是奇蹟了，所以要加油喔』之類的。」

為什麼呢？京香總覺得對沖晴說那些話的人，應該會為自己當時說出要他「打起精神」、「加油」而感到後悔。

「你聽到他們這麼說，心裡作何感想？」

「我覺得他們都是關心我、鼓勵我的好人。」

他當時一定是滿臉笑容地向大家說「謝謝大家」吧。並且不是逞強，而是單純地為大家替自己打氣鼓勵感到「開心」。他一定是在成堆的瓦礫前，或是在擠滿避難人潮的冰冷體育館一角，笑容滿面地向大家道著謝吧。

在現場看到這畫面的人，心裡或許會覺得「哎呀，這孩子的心整個崩壞了」。

「換作現在的我，感覺可能就不一樣了。」

兩人來到出入口時，沖晴突然說出這句話。當京香還在思考怎麼回答時，沖晴已經走近鞋櫃了，她只好也跟著換鞋，然後走向學生用的出入口。

眼前的人是勝矢。他穿著沾有泥土痕跡的襪子與釘鞋，汗水滴在他曬得黝黑的皮膚上，面無表情地站在入口的玻璃門處，

和剛離開出入口的沖晴相對而立。

兩人一定不會和平地談話。京香急忙奔上前去，「你對友里說了什麼？」果然聽見勝矢採取高壓的態度對沖晴問道。

「什麼？」

像是畫作中出現的純粹臉孔般的沖晴，歪了歪頭。幾秒後，他才笑著對勝矢說：「哦，你說的是藤原學姊啊。」

「因為她練習的時候哭了，所以我才對她說『希望妳早日打起精神』。」

哎呀，他說出來了。正當京香喊著「沖晴君……」之時，勝矢惱怒地接近沖晴。

「你搞清楚，那傢伙的奶奶可是死掉了喔？你怎麼可以隨便說出那種話？這不是讓友里更受傷嗎？」

沖晴完全沒有惡意。粗線條只不過是他的常態。這並非代表他可以因此而做出任何事，但出言安慰是他唯一一件能力所及的事。

但是，不管怎麼看，他這樣的行為看起來都像是在看不起對方。

「你知道大家都怎麼叫你的嗎？死神啊，聽懂了嗎？死神！老人之家跟你說過話的人都死了，所以大家都在傳言，只要跟你講話就會死。」

「我知道啊。」

聽見沖晴爽快承認，連京香也吃了一驚。

「我們都在同一個教室上課，怎麼可能聽不到？還是你們以為我不知道，才一直傳著這種事？」

社團活動結束的學生們，陸續從出入口出現；有些學生騎著腳踏車經過出入口，也有好幾個人聽到沖晴說的話後快步離開。

最重要的是，無論是勝矢或是經過的學生們，都打從心底害怕眼前笑著說出這些話的沖晴。

「那你是承認那些人都是因你而死嘍。友里的奶奶會死也是你害的吧！」

勝矢會如此痛苦地說出扭曲的事實，應該也是想要驅除心中那股恐懼感吧。以及他是真心喜歡藤原同學的吧，身為男朋友，他無法坐視不管。高中生的戀情一旦暴走，就無法以常識規範了。

「可能吧，我也不清楚。人啊，其實很容易死去的。」

這話聽起來十分挑釁，勝矢也按捺不住而出手。在京香大喊之前，一把抓住了沖晴胸口的衣服。

「友里失去了她的家人。你這傢伙懂她的心情嗎？你不覺得自己應該對此負責嗎？」勝矢威嚇著，並將沖晴推向玻璃門。

「你老是嘻皮笑臉的，到底懂不懂友里的心情啊！」眼見氣氛越來越劍拔弩張，京香快速地奔向兩人之間。

聽了這種話，沖晴仍是滿臉笑意，應該是因為他在心裡也覺得，被人家這麼說也是無可奈何的。

「住手！」

勝矢很快地鬆手，然後轉過身看著京香。「妳是誰啊？」他不屑地說。「她是合唱團的指導老師踊場小姐。」沖晴一派輕鬆地回答。「我沒問你！」勝矢又是一陣怒吼。

「沒錯，我是合唱團的指導老師。勝矢君，我明白你現在的心情，但你先冷靜下來。」

「這跟妳沒關係吧，妳過來湊什麼熱鬧！」

「不對，跟我當然有關係。沖晴君是合唱團員，而我是指導老師。」京香用手肘慢慢地推著沖晴的身體，讓他和勝矢之間空出距離。

「我說啊，雖然我明白你擔心藤原同學的心情，但你也不應該隨便地說出『你這傢伙根本不懂她的心情』這種話。」

京香說著說著，發現自己有些動怒。大概是因為自己知道沖晴的遭遇。或許是同情；也可能是憐憫；也或者是有共鳴吧。總之，京香正生著氣。

「不，我不懂為什麼妳要突然跟我說這些。」

「如果，沖晴君也像藤原同學一樣失去了家人，你還會說出這種話嗎？」

「哼，聽不懂妳說什麼！」

勝矢說完，眼神忽然瞥了瞥沖晴，眼神中彷彿透露著「該不會你……」的訊息。

「就算是這樣，這傢伙也不能傷害友里吧！」

勝矢粗暴地指著沖晴。當京香正打算回答勝矢「說的也是」時，沖晴從京香背後探出頭來，拍了拍勝矢的肩膀說：「好啦好啦，你先冷靜冷靜。」

「根本全是你的錯！」

勝矢出手推開沖晴，沖晴感覺像心臟部位挨了一拳，整個人往後彈飛出去。彈飛的力道大得不自然，沖晴一頭撞上了玻璃門。尖銳的聲響幾乎要震破耳膜，夾雜著玻璃碎裂的聲音；來自四面八方的尖叫聲此起彼落。

「……怎麼會？」

勝矢是當中最驚訝的人，他的表情彷彿表示著：我的確推了他一把，但沒有那麼用力啊。

轉眼間，周圍聚集了一大群學生。京香聽見大家說著「慘了」、「玻璃破掉了」、「流血了」，立刻衝到沖晴身邊。

沖晴倒在地上，頭上流著血。手臂、臉頰與側腹也都有血跡；脖子上有割傷，肩膀上插著一塊玻璃碎片。鋪著磁磚的入口處，到處可見血跡斑斑。

「沖晴君、沖晴君！你沒事吧？」

怎麼可能沒事。京香看向四周，有好幾位老師聽到玻璃破裂的聲音而衝出職員辦公室。

「快叫救護車！還有男老師快來幫忙搬動這孩子！」

一名女老師返回職員辦公室。有個學生跌坐在地上，可能是因為眼前這副慘狀引起了貧血症狀吧。

「沖晴君，你知道自己的血型嗎？」

京香考慮到可能要輸血，所以先問了沖晴。沖晴睜開眼睛，想抬手拭去額頭的血跡，卻因為手臂傳來的疼痛感而面露痛苦。

接下來——

「痛……好痛喔，這太痛了！沒想到這麼痛，痛死我了。真的好痛啊。怎麼辦，好痛呀！」沖晴的口氣像扭到腳般，不斷地重複說著好痛。

「嗚哇，踊場姊。這個是不是不能拔出來？讓它繼續插著比較好嗎？超痛的。」

沖晴指著插在肩膀上的玻璃碎片，不疾不徐地問著。聽到他說的話，連拿著擔架過來的老師都不禁停下腳步。

平時笑哈哈的他，遇到這狀況果然也是笑不出來。但是，這麼嚴重的傷勢，即使大人也會哭喊出聲，他卻仍然保持一貫平靜的樣子。

因為傷勢太嚴重，京香看得出來圍觀的學生們大家都嚇得無法言語。和貓咪屍體事件當時的感覺一模一樣。不，應該比那時候更受到驚嚇吧。

「總、總之，我們先去保健室吧。你乖乖地躺上擔架，等等送你去醫院。」

沖晴順從地躺上擔架。而且是自己躺上去，沒有借助其他人的幫忙。

「好痛啊。」

沖晴呻吟著，學生們像退潮般讓出一條路來。

「那個，不好意思啊，突然演變成嚴重事件了。」

沖晴一邊笑，一邊用傷勢較輕的手朝勝矢揮著，連手掌心也是鮮血淋漓。

勝矢的表情就像看到了妖怪，對沖晴的恐懼遠大過於他擔心自己所作所為的嚴重性。京香打從心底同情著勝矢。

打開冰箱，裡面放著外祖母前幾天分給沖晴的檸檬。其他還有蜂蜜、奶油、醬油、鹽及砂糖。

以男子高中生獨自生活來說，算是相當整潔的。京香在冰箱前點頭稱許，伸手拿起菜刀。

砧板上放著雞肝。京香以前沒有處理過內臟類，用智慧型手機搜尋處理方法後，把膽和心臟切除下來。

可是明明剛才看過那麼大量的血液，為什麼自己現在又得再看雞血呢。

沖晴的傷勢，出血量意外地不多，傷口也不到需要縫合的程度。「還好不是太嚴重。」醫生笑著說。「總之沒事真是太好了。」同行的瀨戶內老師也放下心來。「真的太好了。」京香微笑著回答，方才的情況真的是好險啊。

兩人搭乘計程車來到沖晴家附近，車子進不去的地方，則改以步行。京香和外祖母聯繫後，外祖母擔心沖晴一個人不好處理吃飯、洗澡、洗衣服等雜事，於是讓京香留個一晚，幫忙照顧沖晴。「我也一起過去呢？」外祖母提議，京香直接婉拒了。

京香有些話必須跟沖晴說。

「受傷的話得補一補。」外祖母方才送來一副雞肝。「我本來打算用來做雞肝醬，現在正好給沖晴進個補。」

用水清洗雞肝，然後放進加了少許鹽巴的水中。接著浸泡二十分鐘，這麼做便可以去除肝臟的腥味。

京香把處理雞肝就做好的蔬菜湯移至器皿中，放進冰箱。把冰箱裡有的蕃茄、茄子、蘆筍全部放進和風湯頭裡熬煮，放涼三十分鐘後，便成了相當美味的冷湯。

每到夏天，京香的母親都會做這道料理。

手邊都忙完後，京香去客廳查看沖晴的狀況。昏暗的和室裡，坐在椅子上的沖晴無力地看著電視。離開醫院時，太陽還沒有下山，轉眼之間，太陽就落到海的另一邊了。

「我開燈嘍。」

京香斜視著染成紫色的海洋，伸手拉著日光燈的拉繩。燈光下，沖晴的頭和手都纏滿了繃帶，看起來相當疼痛。他的臉頰與手背貼著大片的紗布，手指上也貼著好幾張OK繃。

「痛嗎？」

沖晴看著自己傷痕累累的雙手，呵呵笑著。

「雖然很痛，但比剛才好多了。應該明天就都痊癒了吧。」話說回來，沖晴的傷勢原本更加嚴重，但在急救運送過程中，慢慢地恢復，抵達醫院時傷勢已經減輕不少，等到明天應該就會完全恢復。

「一天就痊癒的話，會嚇到大家，所以記得還是要包著繃帶假裝受傷喔。」

「好哦。」

京香看著沖晴那張完全沒有惡意的臉，彎身坐在榻榻米上。她的雙手撐在和室桌上，身體往前探去，並且深呼吸一口氣，用力皺起眉頭。

擔任老師時，她常常這樣訓斥學生。

「你是故意的吧？」

「妳說什麼？」

「你故意用頭去撞玻璃門對吧？」

勝矢雖然出手推了沖晴，但力道遠不足以撞破玻璃門。京香當時就在兩人身旁，看得很清楚。

沖晴沒有回答，臉上依然帶著笑容。

「你不是認為自己受傷很快痊癒，受點小傷也沒什麼大不了的？」

京香的口吻帶著逼問。沖晴露出有些困惑，真的是微乎其微的困惑表情。雙眼中有著京香從未見過的神秘色彩。

接著，他露出苦笑，嘴上說著藉口。

「因為我覺得，如果我不那麼做，那個人就不會善罷甘休啊。」

「圍觀的學生們，大家都以為是勝矢害你受重傷，就連勝矢也因為自己害你受傷而大受打擊。」

或許是他想要守護女友的正義感，也或者是想塑造自己是個可靠男友的形象。儘管是令人慘不忍睹的幼稚行為，代價未免太大了。

「不管你怎麼向大家解釋是因為跌倒才撞上玻璃門，但現場有那麼多目擊者，傳言很快就會擴散開來，就像有很多人說你壞話那樣。」

更糟的情況下，可能演變成暴力事件，進而影響勝矢高中畢業後的出路。

「踊場姊，妳好像很擔心勝矢學長嘛。」

一瞬間，沖晴的笑容消失了。就像潮濕的土地漸漸乾涸一樣。

「其他人說我壞話，妳都沒什麼感覺，卻覺得那個人很可憐？！」

沖晴的聲音瘋狂地顫抖著。有如乾燥的地面出現了龜裂裂痕。

「我又沒有這麼說。」

「可是妳從坐下開始就一直在擔心那個人啊。」

「我說了，沒這回事。」

「可是……」

「我不是說過了嗎？沒這回事。」

啪！京香的口氣像是一掌拍在沖晴腦門上。她的聲音自然而然地低沉，試圖打斷那個不停說著可是、因為，強調自我主張的沖晴。

「正因為我很擔心你，所以我才過來。雖然你的傷勢很快就痊癒了，但還是會痛吧？如果不小心切斷手腳的肌腱的話，會很麻煩的吧；如果切斷脖子或手臂的血管，還有可能會死喔？你卻……」

說到這裡，京香突然想起這孩子沒有恐懼的情緒。對於痛覺不具有害怕的感覺，受傷也能馬上痊癒。即使傷勢很嚴重，他也覺得無所謂。在取回「厭惡」情緒之前，他也一派自然地抱起貓咪的屍體。

「我卻？」

長時間的沉默之下，沖晴緩緩地回問。看著他嘴角微微顫抖，京香突然不知如何回答。

「你卻為何做出那種事嗎？妳想問這個嗎？當然是因為我對此完全不抱任何恐懼的心情啊。」

平時的他，此時一定會搭配一個笑容，現在的氣壓卻很低。他的臉頰抽搐，視線直盯著京香。

電視裡傳來笑聲，時間已是晚間七點，正好是綜藝節目開播時間。

「妳也覺得我很噁心嗎？」

京香以前沒聽過他這麼說話，他的聲音就像房子裡雖然點著燈，還是有某個特別昏暗、寒冷又陰鬱的角落，彷彿有腳步聲從黑暗中一步一步朝自己接近中的感覺。

「妳也認為我是死神嗎？只要和我扯上關係就會死去嗎？絲毫不想接近我嗎？」

他連珠砲似地說著，京香甚至不知道自己何時可以喘氣。

「果然，連妳的想法也和他們一樣嗎？」

京香發現他口中的「他們」指的不僅是學校裡偷偷說他壞話的學生，也包括在他來到這個城鎮之前和他一起生活的某些人；那些京香不認識的人；那些遠離沖晴，將他趕出房子、趕出學校甚至將他逐出城鎮的人。

「……你不是死神，你只是被死神拿走所有情緒而已。」

「那妳是怎麼看我的？」

沖晴看了看京香，將視線調至窗外。他的雙眼通紅，看得出來紅色的鮮血充斥其中，但醫院明明說他的眼睛沒有任何異常。

不對。這是盛怒的人會出現的表情。

「沖晴君，你發燒了嗎？該不會是細菌跑進傷口裡了吧。」

京香伸出手想觸摸沖晴的臉頰。沖晴一看見京香的手，猛地退開身體，抬起包滿繃帶的手掌，啪的一聲拍掉京香伸過來的手。

果不其然，他生氣了。他的憤怒伴隨著手上的熱度一併傳了過來。

「不要裝傻，快說清楚！說妳和他們一樣都覺得我很噁心！」

沖晴大吼，彷彿喉嚨都要撕裂了。鮮少怒吼的聲音，傳遍了整個古民家。尷尬的位置讓京香動彈不得，只能看著彼此的手掌，聽著窗外傳來的蟲鳴聲。漸漸地耐不住沉默氣氛的京香，站起身來。

「我去幫你倒杯水，喝點水冷靜——」

「他對妳……」

沖晴再度打斷京香的話。他像頭挫敗的野獸，大大地吸了一口氣。

「說了很過分的話。我覺得再繼續下去，他會對妳說出更難聽的話，所以我故意受傷，我也沒想到事情會鬧得這麼大。」

他慢慢地轉過頭來，一雙充血的眼睛看著京香。

「但妳卻覺得我很噁心！」

沖晴趴在桌上，用剛剛拍掉京香手掌的左手，搥打著和室桌。老舊的和室桌發出尖銳的聲音，放在桌角處的電視遙控器也因此而移動。

煩躁地找東西出氣。此舉動太有人性，京香愕然地看著沖晴。

「呃啊……」

沖晴從喉嚨深處擠出哀嘆聲，又敲了好幾次和室桌。

「怎麼回事？」

雙眼通紅的沖晴的視線到處游移，口中不停叨唸著。

怎麼回事？

搞不懂。

對不起。

我不舒服。

他說著斷斷續續的字句，用貼滿OK繃的手掌壓著自己的胸口。

「……我不懂。我不懂這是什麼感覺。」

京香蹲在拚命用沙啞的聲音喃喃唸著的沖晴身旁，想要看清他臉龐一般，出聲叫喚他。

「沖晴君，你現在應該是在生氣喔。」

沖晴自己應該隱約也有察覺，他皺著眉頭，看起來很痛苦。

「你是不是又取回情緒了？」

「我不知道。」

沖晴輕輕地搖著頭，看向京香。眼睛充血好像稍微消退了一些。

「只是我的胸口好熱，聽到妳對我說教後，就一直好熱好熱。」

「我知道了，對不起喔。你為了我做出那些事，我還為了那個叫勝矢的男孩對你說教，所以你生氣了。」

原是為了守護某人而對找碴的人採取行動，沒想到「某人」卻維護著來找碴的人。沖晴的想法應該是為什麼我幫了妳，卻未獲得妳的稱讚？若是以前的沖晴，應該只會有一陣空虛的風吹過他的心中，現在卻因為死神的隨性作法，將「憤怒」還給沖晴而充滿了怒氣。

「對不起，謝謝你保護我。我應該先向你道謝的。」

「……又沒差。」

沖晴扁著嘴的樣子，看起來年齡很小。眼前的男高中生，彷彿一下子就回到小學生的感覺。

京香避開沖晴受傷的地方，輕撫著他的頭；她揉著沖晴的頭髮，他也乖乖地承受著。

「晚餐待會兒就好了。我們先吃飯吧，肚子餓也會使人覺得煩躁。」

沖晴壓下突然取回的憤怒情緒，點了點頭。

「我不敢吃肝臟。」

沖晴用叉子叉起一片京香做的炒雞肝放入口中後，如此說道。他低著頭，表情像在鬧脾氣。

「咦？騙人！」

「口感沙沙的，我生理上覺得反感。」

「那你要在我烹煮之前告訴我啊。」

「還沒吃之前我覺得應該沒問題呀。」

他用包著繃帶的手辛苦地再咬了一口雞肝，整張臉皺了起來。

京香用鹽水去除肝臟腥味後，加入切片檸檬和奶油一起拌炒。調味則是選用蜂蜜、醬油與胡椒鹽。清爽的口感，在夏天吃也很適合。

「啊，這道菜好好吃。」

他改吃另一道用大量蔬菜燉煮的冷湯，臉上露出微笑。

「我都做好了，你努力吃一點吧，裡面有很豐富的鐵質，今天吃最合適。」

「快吃吧。」京香叉起一大塊雞肝放進口中後看著沖晴。沖晴不情不願地放下湯匙改起叉子。

但是，馬上就掉在桌上。

「好痛……」

傷勢較輕的左手，好像也痛得無法拿東西。可能是剛才搥打桌子造成的。

「一下子說討厭肝臟，一下子說好痛，然後又耍脾氣又生氣，你今天真的很難搞耶。」

京香自然地微笑著。她重新調整坐姿，用筷子夾起沖晴碗裡的炒雞肝。

「來，張開嘴巴。」

沖晴一直盯著雞肝看，然後乖乖張開嘴巴。京香夾起雞肝就著白飯放進他的口中。

「……即使跟白飯一起吃，我還是不喜歡這個口感。」

「來，那這次跟湯一起吃吃看。」

「我覺得和冷湯一起吃更不搭吧。」

「不要回嘴。」

嘴巴上說著討厭，但京香餵的雞肝、冷湯及白飯，他都吃個精光。吃完之後，他又像平時一般笑容滿面。

「為什麼又取回『憤怒』情緒了呢？」

因為沖晴不方便洗澡，京香用濕毛巾幫他擦拭後背時提問道。京香光是看著他包著繃帶、到處是傷的後背便覺得疼痛，但沖晴的回答卻很平靜。

「因為受傷了。」

「我也這麼想。」

如果颱風那天掉進海裡取回了「厭惡」的原因——和遭海嘯吞沒的經驗相同的話，那麼受重傷大量出血後取回「憤怒」也是有跡可尋。感覺只要沖晴出現什麼和之前災害有關的行為，都可以成為他取回情緒的契機。

「你覺得取回『憤怒』之後，接下來會失去什麼能力？」

「因為這次受傷還是痊癒得很快，我想應該是身體能力或是看出他人死期能力吧，不過現在我倒覺得失去哪一個都無所謂。」

「無所謂嗎？」

「我已經很久沒去參加其他社團了，大家也不敢接近我，運動神經再好也無用武之地。」

「可是你有參加合唱團的練習啊？如果你不在的話，可能就無法參加大賽了。」

當京香幫沖晴擦拭脖子時，因為太癢，他縮著脖子咯咯笑著。

「妳今天好像老師喔。」

「因為我之前就是老師。而且，哪有老師照顧學生到這種地步的。」

「那像母親嗎？」

「你覺得呢？」

「很像啊。」沖晴戲謔地回答。但其實京香無從判斷，對沒有母親的沖晴說這種話是否恰當。

「我呀，剛開始遇到你的時候，覺得你是一個只會笑的奇妙孩子。」

「前面你自己來。」京香說完將毛巾遞給沖晴，他默默地開始擦拭起自己的胸口與手臂。

「當你告訴我，你沒有喜悅以外的情緒時，當時我覺得有點恐怖。說真的，也覺得有點噁心。」

沖晴的手停了下來，指尖用力地掐緊毛巾。

「但後來我知道你自己也很想取回那些情緒，也知道你用少少的情緒很努力地過著生活，現在我已經不會那麼想了。」

沖晴保持不動了好一陣子。京香從裡面房間的櫃子裡拿來T恤，他也靜靜地穿上。

「那太好了。」

沖晴轉過頭來，露出一個如甜點般甜美又柔和的笑容。

「冰箱裡有貓眼葡萄，要不要吃？」

「我要吃。」

那是京香外祖母分給沖晴的，她昨天也品嚐過了，又甜又好吃。

京香走進廚房打開冰箱拿出貓眼葡萄，難得的高級品，所以她特地將葡萄放進玻璃器皿，突然間——自己到底在這個陌生高中男生家裡做什麼呢。她忍不住想。

不但照顧他的生活起居、餵他吃飯甚至還幫他擦澡。京香打從心裡希望沖晴有朝一日，可以取回所有的情緒。過著平靜的生活。

京香用手指戳戳香氣濃郁的貓眼葡萄，突然笑了出來。

京香絲毫沒有勉強自己，也完全沒有那種臨死之前必須對誰有所貢獻的想法；當然也不是想要急著體驗在自己短暫人生中無法完成的「當母親的感覺」。和從死裡逃生的沖晴在一起，京香不會忘記自己將死的事實，卻可以遠離恐懼、空虛與寂寞的感覺。

沒錯。她可以全心全意感受自己確實活在這個世界上。

第四章

死神偕友來訪
志津川沖晴潸然淚下

沖晴走下樓梯，往大海方向前進，忽然發現自己的額頭和後頸出了許多汗。他不斷地用手擦拭著汗水，每擦一次汗，都確定自己真正活著；自己擁有著踊場京香沒有的東西。

天氣炎熱時，身體會流汗，受傷的話會流血；肚子會餓，喉嚨會渴。直到自己取回所有情緒後，這些人類原有的「理所當然」，感受才變得如此強烈。

過去覺得只不過是單純生理現象的事情，現在看來卻十分可愛。世界原來是如此鮮明且令人興奮。自己的身體由如此多東西組合而成，自己真的還活著。

沖晴沿著石階梯來到中間區域，眼前出現了一個小廣場。廣場放著提供民眾爬樓梯爬累時可以休息的長椅，也種植了許多沖晴不知其名的紅色花朵。

海風吹拂著花朵，沖晴手上抱著的向日葵也慢半拍似地隨風擺動著。

沖晴明明覺得紅色花朵相當美麗，卻不知為何想起去年夏天自己的頭撞上玻璃門而受重傷的事情。

沖晴注視當時受重傷的右手，那時受傷立刻會痊癒，所以手掌上沒有留下任何疤痕。

那是自沖晴遭海嘯席捲以來第一次受那麼重的傷。遭海嘯席捲時，他的手腳遭瓦礫割傷。無論手掌和手臂如何遭海浪吞沒、海水有多冰涼、流多少血，他都告訴自己如果不咬牙撐過去就會沒命。

沖晴看見自己的血和黑色的水融合在一起，覺得自己可能會因失血過多而死。如果一受傷馬上就會痊癒的話該有多好，於是他死命地抓著手上的木板不放開，為了可以活著回去而堅持下去。

還有還有——如果我有一般人無法想像的超強腕力或腳力，我就可以逆流而上，爬到高處去避難了。

但是志津川沖晴只不過是一個平凡的小孩，一個人什麼也做不了。

然而死神卻選擇了自己。

又起風了。強勁的風拍打在沖晴的臉頰上，受風吹動的向日葵轉了個方向面朝沖晴，看起來像是仰望著他一般。

對了。要是一直想這著種事情，踊場京香又要生氣了。

「妳生氣的時候好像老師喔。」不對，她本來就是老師。

沖晴呵呵一笑，再度走下石階梯。

從海嘯中生還，家人卻過世了，所以沖晴覺得自己永遠不能忘記他們。他想，如果自己能有知道身邊的人死期的能力，那會輕鬆很多。當他發現自己所有的願望都已經實現時，那些他希望留在自己身邊的人，卻一個人也不在。

✦

京香沒想到，自己長大後還能重回高中時期出場過的舞台。

燈光令人眼花繚亂。白色的光線，讓舞台上的六名團員和瀨戶內老師的身影看起來有些朦朧。

瀨戶內老師朝京香示意後，她將手指放在鋼琴鍵盤上。閃閃發光的三角鋼琴反射出京香有些緊張的臉龐。許久未穿的制服外套與波浪裙，現在穿來感覺有點沉重。好奇怪啊，那時擔任銅管樂隊顧問時，明明一年參加好幾次比賽，都沒有這次來得緊張。京香覺得自己彷彿又回到了高中時期。

京香的手指雖然沒有顫抖，但有那麼一瞬間感到不安，當瀨戶內老師的手指劃過空氣時，她深吸了一口氣，將所有的力氣集中在指尖上。咚，隨著手指按下鍵盤的感觸，鋼琴發出的聲音也沁入心扉。

合唱團的團員們配合著京香的伴奏開始唱歌，開端的感覺很棒，歌聲乾淨且富有穿透力，人數雖少卻表現不凡。

因為大家為了今天真的非常努力練習。部長藤原同學的祖母明明剛過世不久，她卻比其他團員更努力參與練習。努力總算有了代價，階梯高中合唱團在八月舉行的縣級比賽獲得金獎的好成績，成功擠進支部大會。連地方新聞都來採訪他們，以「六個人共同努力前往參賽之路」為題，儘管篇幅不大，網路上也看得到報導內容。

今天的比賽如果順利結束，並獲得金獎的話，下一站就是全國大會了。

前一組參賽的學校，是擁有四十名團員的大團體，接在階梯高中之後上台的學校也是差不多的規模。集結各縣市預賽優勝學校的支部大會，對手的實力皆不容小覷。

指定曲目結束後，經過短暫停頓，便開始演唱自選曲目。在觀眾席一片靜默中彈奏鋼琴，令京香有些膽顫心驚。寂靜如芒刺在背，而六個人的歌聲，彷彿正在撫摸著京香的後背。

無論比賽結果如何，只要六個人唱得沒有遺憾便已足矣。京香心裡這麼想，且謹慎地彈著鋼琴，她不想因自己的失誤而導致學生的所有努力付諸流水。自選曲目獻唱結束後，瀨戶內老師向觀眾席鞠了一躬，接著響起如雷的掌聲。由於下一組學校已經在旁等候，瀨戶內老師急忙帶隊從反方向走下舞台。

「京香老師，我們的表現怎麼樣？」

走在舞台背面的通道，藤原同學開口問道。

「妳獨唱的那一段很好聽喔。」

「真的嗎？」

藤原同學也對自己的表現很滿意，她的臉上浮現兩抹紅暈，開心地和同聲部的同學一起嘻笑。

「不知道能不能獲得金獎呢？」

其中一名團員突然自言自語道。「這就很難說了啊。」瀨戶內老師苦笑地說。

「不過，我們都沒有出錯，如果連這樣還無法參加全國大賽，那也是沒辦法的事。」

藤原同學正向鼓勵著其他團員。「說得沒錯。」瀨戶內老師和其他團員也都同意她的看法。

沖晴一個人站在旁邊沒有加入討論，京香走近他身旁。

「怎麼了？」

不知道是領帶太緊，還是比賽結束突然放鬆下來，沖晴看著京香，單手鬆開領帶。

「還好沒有出差錯。我在縣級比賽時也曾想過這件事，只要開始唱歌，我就會覺得很開心。」

「你的歌聲真的很動聽，所以我從沒擔心過你的表現。」

「因為我也只剩下這個長處了啊。」

他露出一絲苦笑後停下腳步。確認過四周沒有其他人，小小助跑之後——縱身一跳。他像之前在體育館打排球時般，高舉起右手。走道的天花板雖高，過去的他可以輕鬆碰到，這次卻不及天花板高度，手指撲了空。

「妳看，這樣的話我以後就不能殺球了。」

一個多月前，沖晴取回「厭惡」情緒時喪失了瞬間記憶能力；在那之後又取回了「憤怒」，取而代之的是喪失身體能力。跑步速度也變得和一般人無異，打排球能力也普普通通；下次如果再落海的話一定會喪命。

和藤原同學的男友勝矢爭吵負傷的事，很快地傳遍了學校，在同學眼中，沖晴越來越像「危險人物」。有人說他滿身是血地笑著揮拳揍向勝矢；有人說他用從身上拔下來的玻璃片攻擊勝矢等各種各樣的謠言滿天飛。幸運的是，這些聳動的傳言也掩蓋了「勝矢讓沖晴受了重傷」的說法。

「下禮拜就要開學了，你打算怎麼辦？」

放暑假前兩週，沖晴就開始不太上學。早上出門去學校，不到中午就早退回家，然後傍晚再去合唱團練習。有時候放學後才去學校，或是下午才去上課等等。

那個運動神經過人，曾接受各大社團委託的強力後援者，加上入學考試滿分，又總是笑臉迎人的轉學生——有如漫畫或動漫出場角色的生活已不復見。失去瞬間記憶能力之後，他每次的定期考試分數皆不甚理想，成績一落千丈。再加上他出勤不正常，學生們又一直暗地裡說他壞話、叫他死神，已然成為老師們眼中的頭痛人物。

「合唱團在文化祭有表演節目，如果不出現的話，藤原學姊會罵我的。」

沖晴看著走在前面的藤原同學如此回答道。自沖晴受傷後，好像和勝矢分手了。她依然很照顧沖晴，還好合唱團裡也沒有人叫沖晴死神。

「課業怎麼辦呢？你現在已經沒有瞬間記憶力了，必須乖乖上課啊。」

京香刻意降低音量，沖晴露出一個看不出來是覺得困擾或是在笑的曖昧表情。

「這個嘛，妳說得沒錯。以前我不是討厭和同學吵架嗎？現在的話，我應該會時常和他們吵起來。」

以前那個笑臉迎人，打不還手、罵不還口的沖晴已不存在。若有人說了讓他不高興的話，他也會動怒；若有人使他煩躁，他也會變得蠻橫，甚至有可能出手動粗。畢竟，他九年來不曾有過憤怒的情緒，如今取回，他也不清楚該如何處理。

「大家真的很辛苦呢。每天過生活都得感受這麼多情緒。」

穿過通道後，兩人來到會場的大廳。等待出場比賽的學校學生和已經比賽結束的學校學生來來往往，熱鬧的氣氛和後舞台截然不同。

「這才是正常的，九年前，在你經歷海嘯的生活也是這樣吧？」

「嗯，不過說真的，我記不太清楚了，或者說自己也曾有過五種情緒反而令我難以置信。」

如果可以取回失去的情緒就好了。雖然這是沖晴自己的願望，但真的取回之後，反而不知道該怎麼應對。早知道這樣，倒不如只保留「喜悅」的情緒還比較輕鬆。像這樣京香可以從他的側臉察覺到他的真心話，或是隱約透露出她的心聲，或許都是因為他開始取回失去的情緒的緣故。

沒想到結果發表這麼快就結束了。藉由這件事，京香才重新認知到「啊，我已經不是高中生了」。她心不在焉地坐在觀眾席的椅子上，看著光芒耀眼的舞台。高中時，京香也在這裡像沖晴或藤原同學一樣，一邊祈禱一邊等待結果發表。等待時每分每秒都覺得特別漫長，心跳像漏了好幾拍，還以為心臟會罷工呢。

一旦成為大人，那種緊張的感覺似乎也漸行漸遠了。

階梯高中獲得銀獎，而獲得金獎的其他兩所學校則前進全國大會，合唱團的夏天到此結束。三年級的藤原同學，等文化祭表演結束後就會退出社團。

不過，無論是站在台上領獎狀的藤原同學或是其他團員，看起來意外地並不悲傷。其他學校的學生因敗北而傷心落淚，與其相比，他們看起來淡然多了。

「啊，還是輸了！」「超不甘心！」六個人此起彼落地說著，雖然有些不甘心和難過，但大家都面帶笑容。

用盡全力去比賽，當自己已經到達極限時，其實不會因為不甘心或難過而落淚。反而心情會非常輕鬆自在，感覺像是自己的心中出現了一片爽朗的藍天，天上高掛著白雲一般。

京香高中三年級時參加全國合唱團大賽獲得銅獎時也是同樣的心情。儘管母親過世沒多久，她也是全心全意投入在比賽上。她覺得自己已經到達極限，再也使不出更多力氣了，這是她的奮力一搏。所以絲毫沒有不甘心，也不覺得悲傷。自己的剩餘壽命只剩一年，也希望可以用這種心情去度過餘生。在藍天與積雨雲之下，她只要等待著天上有人來帶走自己，這樣就夠了。

京香與走下舞台的藤原同學會合，和大家在會場外簡單開個會之後，便搭電車回家。因為合唱團只有六個人，所以沒有租借小巴士，全靠電車或是市營巴士前往會場。

機會難得，吃點美味的東西再回家吧。太陽下山，染黃了瀨戶內老師身後的那片海洋，正當學生們聽見老師的提議而大聲歡呼時。

「沖晴！」

從京香背後傳來一個陌生的聲音。聽起來清亮、富有活力，使人心情愉悅的聲音。

「沖晴想吃什麼？」回答藤原同學問題的沖晴，才剛說完「都可以」，便聽到叫喚聲而看向聲音來源處。

京香也跟著回頭一看，是一名女孩。

「太好了！找到你了。」

女孩穿著格紋短褲露出一雙令人印象深刻的長腿。陽光照射下，反光的白色

T恤有些刺眼。

女孩頂著一頭黑長髮，朝沖晴奔去。雖然臉龐看起來比較成熟，但和沖晴同年。

沖晴一臉想不起女孩是誰的樣子，歪著頭思考過後，突然「啊」了一聲。

「……小梓。」

他遲鈍地開口。和被稱為小梓的少女反應成反比。

「你剛剛是不是想不起來我是誰！太過分了，居然忘了我。」

少女不悅地指著沖晴，不過表情立刻變得柔和，露出像是兩手捧著珍貴物品的笑容。

「你長高了耶，比我還高了。」

「是嗎？」沖晴伸手摸著自己的後腦勺回答。由兩人的互動、整體氛圍可以想見，他們兩個人的關係應該遠比單純認識或普通朋友來得親近。

站在不遠處看著沖晴的藤原同學和其他團員，個個眼中閃耀著好奇的光芒。

「是沖晴的女朋友嗎？是吧？」大家興奮地討論著，沖晴本人看起來卻有點不開心。他慢慢地轉頭看向京香。

「入谷梓。」

他指著眼前的少女說道。

「她是我的童年玩伴，以前住我家隔壁。」

「沒錯，我們從小一起長大！」

「我是入谷梓。不好意思，突然出聲打擾。」她笑著看著京香說。說完，有禮貌地鞠了一躬。童年玩伴。換句話說，她也經歷過九年前那場北方大海嘯。

不知道為什麼，想到這點，京香便覺得小梓的笑容看起來有點勉強。京香明白這種想法既失禮又自私，但她仍克制不住。

「怎麼突然來了？」

聽到沖晴提問，小梓從口袋裡拿出手機。

「上高中後，我也加入合唱團了。然後在看大賽新聞時看見了這個。」智慧型手機上顯示的是階梯高中成功進入縣級比賽的報導。小梓應該是透過網路新聞得知此消息的。

「你看，照片裡有你！我看到照片覺得『啊！是沖晴！』所以就過來看看了。」

「請問，入谷同學妳現在住在哪裡呢？」

京香斟酌字句後詢問她。小梓說出了一個北方的城鎮名稱。那是沖晴之前曾提過的故鄉地名。

「妳一個人來嗎？」

「嗯，我有親戚住在大阪，學校還在放暑假，我就來玩了。」

京香看著笑開懷的小梓，原本想問：妳的本意不是為了去親戚家玩，而是為了見沖晴一面才來大阪的吧。最終依然沒有說出口。

因為沖晴其實沒有認出小梓長大的樣子，小梓也是透過網路新聞報導，才來到這個在遙遠地區舉辦的合唱大賽。

沒錯，那是因為——自九年前沖晴的親戚收留他之後，他們便完全斷了聯繫。

「志津川。」

瀨戶內老師說道。

「有朋友來找你的話，你要不要先脫隊？大家說想吃點蛋糕後再回家。」

沖晴不知為何看著京香。「機會難得，我們再聊一聊嘛。」小梓朝沖晴一笑，主動提議。

但是沖晴卻對她搖搖頭。

「不了，我的社團時間其實還沒結束。」

怎麼可能？沖晴這個萬年遲到大王，居然說出這麼上進的話。

「什麼！對遠道而來的青梅竹馬，你居然打發一聲就要回家了嗎？」

太過分了！小梓繼續逼問著沖晴。京香輕嘆口氣後對瀨戶內老師說：

「老師，我會負責送沖晴君回去，您和其他同學先走吧。」

小梓的笑容中隱約藏著一絲不悅，京香假裝沒有看見。京香明白她的心情。

小梓心裡一定覺得自己想和沖晴兩人獨處說說話，這個不知道是老師還是什麼人，幹嘛來攪局。京香完全理解。

但她就是不放心讓沖晴和小梓兩人單獨相處。

開始慢慢取回情緒的他，可能會因為某種原因造成他的心牆猛然裂開，各種各樣的感受隨之潰堤，最後崩潰。

「你們以前感情很好吧？」

京香趁小梓去廁所時詢問道。沖晴雙手架在桌上托著腮幫子呢喃著。

離開大賽會場時已是傍晚五點，京香一行人在前往車站的路上找了家咖啡店。店員安排他們坐在露天座位，除了她們之外沒有其他客人。眼前有河水潺潺流著，倍感涼爽。一陣舒適的微風由上游吹來，吹散了白天那股不真實的炎熱感。

「那是當然，因為我們從小一起長大啊。」

「那你為什麼看起來這麼見外？」

沖晴心不在焉地看著沁涼的玻璃杯回答道：

「我們都那麼多年沒見了，現在已經無法跟以前相比。」

「是嗎？」

「妳看剛剛，我一開始根本沒認出她來。」

而且。

欲言又止的沖晴，輕輕嘆了口氣。

「小梓就是那個第一個說我『你瘋了』的人。」

「真的嗎？」

「因為明明父母都過世了，我還是不停笑著。她抓著我的肩膀搖晃，哭著大叫『你真的瘋了！』」

可能是避難所吧，或是其他地方。在那個昏暗、寒冷、潮濕的地方，少女小梓追問沖晴的模樣，鮮明地在京香腦中呈現。

正因為她不是沖晴的親戚，也不是單純的同班同學，所以她才克制不住，選擇宣洩自己的疑惑。

「啊，志津川沖晴因為與家人死別，所以精神崩潰了。」正因為她是一起長大的朋友，才更無法接受這個說法。

「所以我搬家之後，我和小梓就斷了聯絡。我也不明白為什麼她這個時候還要來找我。」

店員用托盤端來三杯冰紅茶，杯子裡漂浮著橘子片，喝起來酸酸甜甜的。店裡後方廁所門打開，小梓回到位子上。「久等了。」她坐在沖晴旁邊的位置，沖晴不自在地往旁邊移了移身子。

「啊，這好好喝。」

小梓淺嚐一口冰紅茶，發出銀鈴笑聲，接著隨口問道：

「踊場小姐不是老師對吧？為什麼和沖晴關係這麼好呢？」在來到咖啡店之前，她一直問著有關沖晴這幾年生活的問題；來到咖啡店之後，她感興趣的目標則變成了京香。

「我們的關係看起來有那麼好嗎？」

「有。」

小梓笑著點頭，回答得斬釘截鐵。

京香向小梓說明自己是合唱團的指導老師、和沖晴住得很近、家裡經營咖啡廳，沖晴每天都會過來吃早餐等。她們邊談著這些事，杯中的紅茶少了一半。當沖晴點頭附和京香說的話時，小梓都會看向沖晴。

京香和小梓。沖晴對待兩人的方式有明顯差別，這讓京香感到困擾。每次沖晴對京香說話時，小梓都會一臉懷疑地眨著眼睛。京香感覺得到，沖晴對她這種注視方式感到不自在。他的眼神中藏著近似惱怒的不知所措。

他已經不是當年那個鎮日笑臉盈盈的少年了。他有好惡，也會發怒。京香不難理解，對於突然出現的青梅竹馬，他的煩躁遠大於喜悅程度。

「沖晴，你還記得嗎？以前啊，星期日的時候，常常在我家院子裡烤肉對不對？每次最後都會用剩下的食材來做炒麵。」

小梓百無聊賴地攪動著吸管，然後看著露天座對面的河川。她拉高了音量，拚命尋找話題，似乎是想拉沖晴加入她的陣容一般。

「記得啊。」

他用手指刮著玻璃杯上的水滴並答道。杯裡的紅茶原封不動，冰塊融解後稀釋了紅茶，使杯中出現透明的分層。

「嗯，我記得。」

聽見沖晴再次回答，小梓露出安心的笑容。

「記得啊，太好了。後來我們在別的地方重新蓋了新家，現在偶爾還是會烤肉，而且最後一樣一定要吃炒麵才行。」

接下來小梓一直說著有關沖晴故鄉的事。沖晴後來沒有繼續就讀的中學，以及小梓現在正在就讀的高中，還有社團、朋友、在北方大海嘯中遺失的事物等等，再從這個話題延伸討論到現在與未來的事——那個沖晴沒有參與的世界之事。

和合唱團要在文化祭獻唱的那首歌如出一轍。

對小梓與沖晴來說，那都已經是九年前的事了。克服或未克服的事、接受或接受不了的事——發生過種種事情的、共同流逝的九個年頭。

但，只有沖晴的感覺情緒不一樣。他的感覺情緒仍停留在九年前。

「小梓，話說，」

這是今天沖晴第一次主動和小梓說話。說完，裝著冰紅茶的玻璃杯，發出冰塊撞擊的聲音。冰塊融解縮小後，漂浮在杯中，

「妳為什麼來找我？」

沖晴眼睛一直看著冰塊，詢問小梓。

「妳看到新聞，認為我已經不是瘋子了，所以才來找我？」

這番話中明顯帶著刺，沖晴是故意這麼說的。

「不是你說的那樣。」

小梓重新調整坐姿，面對著沖晴猛搖頭。一連搖了好幾次，一頭長髮也隨著左右搖晃。

「的確，我是因為看了新聞才想來見你，看到你過得很好，我安心許多。還有我之前對你說了很過分的話，我想要好好地跟你道歉。」

從她說話的語氣和表情可以感受到她說的一字不假。

「還有啊，我來大阪之前，我跟爸媽說好了。如果你不嫌棄的話，可以來和我們一起住。中學二年級時，我們蓋了新家，好不容易安頓下來，那時候卻不知道你的行蹤。真的喔！」

小梓一家人和收養沖晴的親戚聯絡後，對方卻回覆「他已經不住我們這裡」。儘管小梓一家人視沖晴為自己家人，依舊查訪不到他的行蹤，尤其親戚感覺似乎刻意隱瞞著沖晴的存在。

就這樣，這幾年來小梓一直不知道沖晴身在何處，直到她在提及合唱團的網路新聞中發現沖晴的身影，所以特地來見他。

小梓說得很誠懇。四周的天色漸漸地變暗，冷清的露天座位、越來越清楚的潺潺河水聲。小梓的聲音劃破了寂靜，反倒惹惱了沖晴。

「那些海嘯過後搬離的人，現在都回來了。只要你回來，大家都在喔。現在只剩你、Maki、Taka沒有回來了。」

小梓深呼吸一口氣，接著說：

「現在還活著的人，只剩你了。」

在遙遠外地，未親身參與北方大海嘯的京香，還沒來得及理解這番話時，沖晴就開了口。

「我的家人又不在。」

沖晴無聲地站了起來，冷冷地看著小梓。露天席點著時髦的橘色燈光，打在沖晴臉上形成一道深深的陰影。

「我現在還是挺瘋的喔。現在幾乎沒去上學，也沒有朋友，班上同學都叫我死神。有時候會很想痛扁某個人，或是怒罵某個人之類的。就像現在。」

小梓聽到沖晴如此冷漠的回應，臉上的表情一僵。京香突然好奇起，小梓所認識的那個沖晴是什麼樣子呢？九年前他才八歲，不曉得是何種類型的孩子。是無法控制情緒，常常生氣或不知所措；還是沉穩懂事的孩子呢？

「蛋糕，」

為了留住想要立刻轉身就走的沖晴，京香刻意地提高說話音量。聲音似乎也傳進了店裡，店員聞聲看向他們。

「這家店的蛋糕很好吃喔，有鋪滿水果的水果塔，我非常推薦喔！還有其他各種甜點，我們去買來吃吧。」

「甜點都在收銀台旁邊的冷藏櫃裡，走嘛走嘛，一起去挑。」京香刻意用著開朗活潑的聲音說話並且站起身來，試圖合理化沖晴突然起身的行為，她推著沖晴的背兩人一起進入店裡。

「鮮奶油蛋糕也很好吃喔！」

沖晴有些許不耐煩地看著說話的京香。

「明明第一次來這家店，妳怎麼會知道什麼好吃？」

雖然沖晴這麼說，但看到冷藏櫃裡真的有水果塔和鮮奶油蛋糕時，著實吃了一驚。

小梓要搭乘新幹線回大阪，兩人送她到剪票口時，她垂著視線轉過頭來，叫了沖晴的名字。

「對不起，剛剛突然說了那些話。」

她的聲音聽起來有點沮喪，但仍正視著沖晴說：

「不過，無論是我還是我父母，還有以前國小的同學，大家都在等你回來。如果你有意願的話就回來吧。」

我們都在等你。

小梓重複說了好幾次，然後穿過剪票口，耀眼的燈光下，小梓朝手扶梯走去。

「我們也回去吧。」

看著小梓穿著白T恤的背影消失在眼前後，沖晴緩緩地轉身離開。京香也默默地跟在他身後。

兩人買了回程的車票，由於離電車出發還有時間，所以也買了兩個鐵路便當。「你敢吃星鰻飯嗎？」京香問道。沖晴出人意料地乖乖點頭。

前往階梯鎮的電車行進時搖搖晃晃，兩人坐在包廂裡吃著便當。吃飯時兩人談著話，沖晴一點一滴地分享著自己對星鰻飯的評價，以及關於今天合唱比賽的表現。

「妳會喝酒呀。」

沖晴歪著頭看著京香打開從商店買來的罐裝啤酒。表情看起來又有些嚴肅。

「因為我是大人啊。」

雖說如此，但在學生面前喝酒的確不太好。不過京香又立刻想起自己現在已經無所畏懼了。

京香拿起鋁罐，一口氣喝下冰涼的啤酒。先嚐到滲入舌根的苦味後，取而代之的是一股清涼的感覺順喉嚨而下。

「哇，好喝！」

京香往後靠在椅子上，吐了口大氣。合唱團比賽伴奏時已經很緊張，後來小梓的出現也讓她提心吊膽，放鬆後覺得啤酒特別好喝。

「不過，在學生面前喝酒應該不太好吧？」

喝了半罐啤酒後，心裡那個「老師」又頻頻探頭出現。沖晴舔掉嘴角的星鰻醬汁後笑了。彷彿用刀刮著冰塊屑般，總感覺有些虛無飄渺。

「說什麼傻話，妳都喝這麼多了。」

「說的也是。」

喝完啤酒、吃完便當後，卻仍未抵達目的地。兩人隨意聊著不重要的話題，車內的乘客也漸漸減少。

「我和小梓住得很近，距離大概一公尺左右而已。」

距離目的地還有三站時，電車行進間，沖晴開始提起他和小梓的事情。

「可是，小梓一家人卻安然無恙，而我的家人除了我以外都死了。」

他對京香說著，那些前陣子他刻意避而不談的事，有關小梓的事、故鄉的事、家人的事，還有北方大海嘯的事。

「我和小梓所念的小學不大，全校不到五十個學生，大家正在教室上課時發生了地震。雖然兩天前也發生過地震，但和這場完全無法比擬。我從座位上清楚看見，黑板上的時鐘掉了下來。大家都到操場去避難，然後老師們聽到海嘯警報後，便開始要大家逃到後山去。」

京香不知道該如何附和。她說不出「嗯」或是「原來如此」這種話。

「大家慌亂之餘，有好幾台車停在校門口。因為這地震不太尋常，所以監護人急忙地來接小孩，裡面也包括我的父母。」

電車窗外的天色變得很暗，對比著燈火通明的車內；即使到了晚上也是悶熱難耐的空氣，對比車內開著冷氣的涼爽。沖晴看著自己映在玻璃窗上的臉，語氣平淡地說著。用那副沒有喜悅、沒有厭惡，當然也不帶一絲怒氣的表情說著。

「踴場姊，我本來應該會有一個弟弟或妹妹的。」

「……什麼？」

「預產期是大海嘯那年的夏天。媽媽那天去了醫院，爸爸則是去上班。地震稍停之後，爸爸趕忙先去醫院接媽媽，然後來接我。妳知道嗎？當時有很多居民想開車去避難而導致塞車，結果海嘯一來襲，造成很多人死亡。」

如此沉痛的事，京香多次在新聞或是紀錄片中看到過。話說回來，京香成為老師後，學校請來「說書人」，為全校師生講述受災地後來的狀況。

「不出所料，我們也陷在車陣之中。爸爸對我們說『不行，我們用跑的離開這裡』。我從後座跳出車外，父親繞到副駕駛座想要扶媽媽下車——這時海嘯來襲了。」

沖晴依舊不慍不火地說。

後方的車子突然向沖晴衝來，發出尖銳的聲響，彷彿拼組失敗的拼圖一般。耳邊傳來別人的尖叫聲和怒吼聲，令人絕望的喇叭聲不絕於耳，深黑色的水覆蓋了眾人的腳下。

因為父母都在車輛的另一邊，沖晴看不到他們的表情，但從父親叫喚自己的聲音與母親慢了幾拍的聲音聽來，他覺得自己非逃不可。

當沖晴這麼想的瞬間，他人已經在海裡了。

「不對，那不是海。」

沖晴呵呵笑著，輕輕地搖搖頭。

「那是又黑又臭，光是濺起的飛沫噴到臉上便足以致命的『某種東西』吧。」

在那之後的事，沖晴記不太清楚。他有印象自己努力地從全黑的『某種東西』中拚命探出頭、用力呼吸，尋找能拯救自己的人影。他的眼前有人、車、房子，還有不知道原樣是什麼的東西流動著。只要抓住那個可能就會得救，或是只要努力爬上那塊東西就會生還之類的想法一直出現，他不斷地掙扎，身體卻不聽使喚，回過神來才發現自己的手臂及手掌沾滿了血，左手食指也不知道扎著鐵或是木頭之類的尖刺。

在瓦礫殘骸間，沖晴在海中——「某種東西」中載浮載沉，周遭伸手不見五指，看不清楚顏色，也感受不到溫度或氣味。

此時有人拍了拍沖晴的肩膀。砰砰兩下，有如來找他玩耍的朋友一般輕柔地拍了兩下。

「那是死神嗎？」

在最後的最後突然冒出奇幻元素，實在有種開什麼玩笑的感覺。自己未免太不正經——如果自己的心態還像從前一樣，應該就會有這種感覺吧。

「死神對你說了什麼？」

聽京香一問，沖晴有點困惑又不知所措。

「他應該是問我『想活下去嗎？』，那當然得回答他『想』對吧。」

他又接著說：『除了你以外的家人都死了，剩下你這個只懂得傻笑的人獨活在世上喔。』我當下實在不知道該怎麼辦。」

即便如此，我還是告訴他『我想活下去』了吧。彷彿自問自答般，沖晴再度露出有些疑惑的表情。

「當我清醒過來時，發現自己被沖進海裡，手裡緊緊抓著像是屋頂殘骸的東西昏了過去。剛好從漁港離開要去避難的漁船發現了我，我才得以獲救。漁夫大哥一開始發現我的時候，還以為我死了，因為整個海面上都是屍體。」

電車的速度減緩，在車站停下來。車廂另一端的乘客下了車。

這節車廂裡只剩下京香和沖晴。

「在離下車地方不遠處，發現了爸爸媽媽的屍體，他們兩個……不對，是三個人一起過世了，我還不知道是弟弟或妹妹，就這樣過世了。」

他明明說著如此悲傷的事，聽起來卻像神話故事。應該是因為說話的人本身一點也不覺得「悲傷」的關係吧？

沖晴的心裡那塊原本應該感受到悲傷的地方，現在應該有種被乾燥的風吹過的感覺吧。

「所以，我覺得和死神達成交易真的太好了。」

在很長一段沉默之後，沖晴喃喃說道。因為幾乎有整整一站的時間兩人都沒有說話，京香一下子不明白他所說的「所以」指的是哪一件事。

「因為當時我還不想死，但如果苟活下來，會因為悲傷、恐懼還有寂寞而活不下去吧。所以，死神拿走了那些情緒，對我來說是件好事。」

車廂裡響起廣播聲。聽到廣播中提到離階梯鎮最近的車站名稱，沖晴收拾好便當剩下的垃圾，抱好包包放在腳上，準備下車。

「不過人類真的很強大。小梓雖然說自己運氣很好沒有損失什麼東西，但死去的Maki是她的死黨，而Taka是她單戀已久的同班同學。」

沒有回到故鄉的人，只有Maki、Taka和沖晴。其中活著的人，只有沖晴一個。京香想起小梓說的話，深深地、慢慢地吸了一口氣。她覺得如果身體裡氧氣不夠的話，便無法繼續聽沖晴說下去。

「事發不過九年……不對，甚至更早之前，小梓就已經跨越了悲傷與傷痛，積極地生活著。而我卻從沒有悲傷、恐懼、痛苦地生活過，已經變成和她完全不同世界的人。我現在的個性這麼糟糕，她看到我應該會覺得很煩躁吧。」

電車減緩速度，停在車站月台上。京香和沖晴沒有對話，兩人一起走出車站，沿著臨海的道路走回階梯鎮。

稀稀落落的燈光照在路上，海浪的聲音聽起來比以往來得大聲許多。

京香送沖晴回去後返回自己家中，外祖母已經用完餐、洗完澡，坐在客廳裡看電視。

「妳吃過飯了吧？」

「在電車裡吃了星鰻飯。」

京香從廚房的冰箱裡拿出茶，倒了一杯一飲而盡。冰冰涼涼的很好喝，晚上的氣溫還是很高，爬個樓梯也會出一身汗。

「合唱比賽結果如何？」

「沒進全國大賽，不過獲得了銀獎。大家都覺得已經拚盡全力了。」

「是嗎？那太好了。」

外祖母回答京香，眼睛依然看著電視。

「妳累了吧，要不要吃點甜食？」

冰箱裡有泡芙。外祖母指著冰箱。剛才打開冰箱時的確看到了常買的蛋糕店包裝盒。

「不吃了，比賽結束後，我跟沖晴一起去吃過蛋糕，今天吃太多甜食了。」

「那留著明天晚上吃吧。」

「好啊。」

京香沒有提起沖晴和小梓的事情，過陣子再告訴外祖母吧，今天實在是提不起勁。

不只小梓的事情，還有沖晴因為北方大海嘯失去家人的事、和死神交易的事。總有一天得向外祖母坦承這些事，不然京香離開後，就沒有人在他身旁守護他了。

「外婆，我問妳喔。」

京香洗好杯子放在瀝水台後回到客廳。

「妳為什麼這麼照顧沖晴啊？」

「妳好意思說我？」

外祖母回頭看著京香露出苦笑。「說的也是啦。」京香笑著回應後，外祖母靜靜地看著她。京香彷彿可以從外祖母的眼睛深處看見月光。

「一開始當然是岡中夫婦交代我，請我好好照顧他。他又是個友善、誠實的孩子，照顧他一點也不覺得辛苦。」

不過。

外祖母嘀咕一聲後，停了幾秒不說話。然後定睛看著京香。

「沖晴和妳很像。每天笑臉迎人，心思卻不在這裡，感覺很像活在別的世界裡。所以我才想好好照顧他，讓他知道這裡就是他的歸屬。」

京香說不出話。外祖母也沒有期待京香有所回應，立刻又轉向電視，看著剛開始播放的晚間新聞。

或許，自己會這樣介入沖晴的世界，也是因為這個原因也說不定。

他會向自己說出有關死神的事，可能也是基於相同理由。京香離開客廳去洗澡。回房間後，因為整日的疲勞，她直接爬上閣樓的階梯。躺在床上，她看著三角屋頂的天花板。明明吃過星鰻飯，嘴裡卻留有傍晚吃的鮮奶油蛋糕的味道。

明明路過發現的咖啡店，為什麼妳會知道這裡的水果塔和鮮奶油蛋糕很好吃呢？

沖晴這麼說過。

「因為……我不是第一次去啊。」如吟唱般，京香對著天花板自言自語道。

京香每個月有一天會搭電車前往那個城鎮。離車站走路約十分鐘的路程有一所大學醫院。她在那裡接受診療，依照癌症進行狀況拿藥。幸運的是，現在身體沒有任何痛楚，沒有出現任何會影響日常生活的症狀，吃藥也沒有副作用。

診療結束後，京香會沿著河邊的步道散步，然後走進那家咖啡店。沒有什麼特別原因，單純只是偶然來到這家店時，吃過蛋糕覺得很好吃而已。

所以京香才知道這家水果塔和鮮奶油蛋糕好吃；水果塔使用新鮮的水果，甜度恰到好處，蛋糕則是塗滿濃郁的鮮奶油。京香常常一個人坐在涼爽的河邊露天席吃著這些甜點。

如果沖晴知道了，不知道會作何表情呢？

京香站起身來，打開床這一側的天窗，夜晚的海風吹來有些許涼意。地錦攀附的屋頂下，京香遠眺著海。夜裡的階梯鎮，看得見零星的橘色燈火。遠處的海面當然是一片漆黑，但在港口和渡船口有微弱的燈光，馬路上有汽車的頭燈和尾燈閃爍著。這番光景，京香持續看了好一會兒。

✦

秋高氣爽，雖說如此，氣溫還是偏高，但是個適合舉辦文化祭的天氣。穿過校門，京香忍不住露出笑意。

文化祭當天，整個階梯高中沉浸在和平時完全不同的氣氛中。走進正門，可以看見許多攤位一路延伸至學生出入口。時間已過正午，文化祭也越來越熱鬧。京香走到教職員出入口前，一路上拿到了各種有趣企劃的傳單。

走到音樂教室這段路上也十分喧鬧，圍棋社舉辦了圍棋教室，美術社及攝影社展示了許多作品，樓梯間和走廊的牆壁上也貼了多采多姿的海報，大量的氣球遮住了天花板。

「咦，你來得真早。」

京香原以為音樂教室空無一人，結果看見沖晴。暑假過後，沖晴依舊愛來不來學校。同班的野間同學，最近開始比較關心他，昨天合唱團練習結束後，她也對沖晴說：「志津川君你也是企劃中的一分子，記得來學校。」邀請他加入班級企劃。

「二年五班要開咖啡店對吧？」

沖晴坐在三角鋼琴前的椅子上看著文庫本，回答完「對啊」之後合上書本，放在鋼琴蓋子上。京香隨手拿來一看，書名是夏目漱石的《夢十夜》。書本上貼著學校圖書室的標籤。

「你是負責接待客人還是備餐？」

「在烹飪實習室裡備餐。」

「和野間同學一起？」

「她出於關心，自願和我在一組的樣子。」

「但你卻放她一個人自己備餐？」

可能是京香的說法不好，沖晴煩躁地看著京香，有如兒子看著碎唸的媽媽那種表情。京香不禁心想自己是出於擔心才會提醒他的。算了，無妨。

因為這孩子，好不容易才能露出這種表情。

「雖然我很感謝野間同學關心我，但跟我在一起，她還是會感覺怪怪的。而且，我不在好像也不會有太大影響。」

沖晴站起來，慢慢地走向窗邊。從這裡正好可以看到攤位，也能看見正在舉行許多表演節目的體育館及舉行著遊戲大賽的操場。

而且，也可以看見海。

沖晴一言不發地看著那些地方。自從合唱團那天參加分部大會以來——和小梓重逢那天以來，他越來越常這樣默默地看著某事或某物。無論是來舞池咖啡吃早餐時；參加合唱團練習時；一起上下學時。京香認為自己和他交談的方式沒有改變，但他卻常常突然間陷入沉默。

感覺他人不在這裡，像是深深地、深沉地陷入了某個記憶的深淵。

接下來換成京香坐在鋼琴椅上翻閱著《夢十夜》時，合唱團的團員陸續到場。瀨戶內老師比較晚到音樂教室，大家簡單做過基礎練習後，便移動至體育館。

今天是三年級的藤原同學的告別舞台，她重視本次表演的程度不亞於兩週前的合唱大賽。今天演唱的曲目中也有她獨唱的部分。

京香看著藤原同學蹦蹦跳跳地走在通往體育館的路上，然後她將視線轉向後方。野間同學正對著沒去班級企劃幫忙的沖晴說些什麼。「你明天也要來喔。我一直沒辦法烤出漂亮的圓鬆餅。」野間同學苦笑著。

因為戲劇社的表演已經開始進入尾聲，體育館又恢復安靜。京香穿過昏暗的體育館來到舞台時，發現手機裡有兩封訊息。

外祖母傳了一封，另一封則是來自小梓。

參加支部大賽那一天，京香送小梓到新幹線剪票口時交換了聯絡方式，請她回家後傳個訊息。因為小梓回到大阪親戚家，可能會超過晚上九點，而且京香也擔心她和沖晴分開前的互動會影響她的心情。

那天京香回家後，收到小梓傳來的感謝及道歉訊息。她沮喪的心情完全表現在訊息上，於是京香不假思索地回覆：「如果沖晴想和妳聯絡的話，我會轉告他妳的聯絡方式。」

京香選擇先讀小梓傳來的訊息。文字意外地簡潔。

「文化祭是今天吧。」

自上次之後，京香和小梓沒有再聯絡過，她應該是偶然查到階梯高中的行事曆吧。或許，大賽那天和沖晴沒有不愉快的話，本來也有打算過來玩吧。

「沒錯喔。」京香回傳。「沖晴最近狀態如何？」立刻收到小梓的回覆。

「等等有合唱團的成果發表，我再傳照片給妳看。」

京香回傳訊息時一併傳了可愛狸貓的貼圖，小梓也回傳小雞輕輕點頭的貼圖。

「踊場姊。」

京香打算繼續讀外祖母傳來的訊息時，聽到沖晴在背後叫喚的聲音。

「怎麼了？」

合唱團是下一組表演者，他們在舞台側方等待上場。戲劇社的節目已進入高潮階段，合唱團員皆注視著舞台，做好隨時上場的準備。

沖晴一個人站在遠遠的角落，緊盯著回過頭看的京香。好可怕！京香心裡想。

沖晴的表情看起來像在思考些什麼事情，感覺十分脆弱，當時京香雖然也覺得只擁有喜悅情緒的沖晴很可怕，但現在的恐懼卻與那時不同。既不神秘也不覺得奇怪，單是個背負著極度痛苦的過去、平凡無奇的男子。所以才可怕，因為京香可以想像，現在的他隨時都會崩潰。

「怎麼了？」

「支部大賽那天之後，我一直在想。」

沖晴看見京香朝自己走過來，露出淺淺微笑。

「為什麼選我呢？」

聽見沖晴的話，京香下意識地咬緊牙根。無須多問，她也明白沖晴想說些什麼。

「那次大海嘯，明明帶走了許多人的性命。為什麼死神選擇救我呢？我的家人也都過世了。有許多……只要獲救，即便沒了情緒，也有家人為他高興的人，或是那些有東西必須守護的人、那些對社會有貢獻的人，而為什麼這些人無法獲救呢？像我，雖然苟活下來，每天無所事事度日，毫無貢獻。妳看，這樣不是更應該讓那些有助於復興的人活下來嗎？」

沖晴提出這些問題時，應該報以什麼情緒呢？究竟他心裡在想著什麼，而來問京香這些問題呢？

他已經不是那個只有「喜悅」情緒的堅強孩子了。

「不是這樣的。」

明知不該說，但京香仍克制不了那股打從內心想說的衝動。

「誰生誰死，根本不需要理由。無論偉不偉大，無論有無貢獻，甚至無關命運或天譴，這些事和人的生死毫無關聯喔。」

再說了，如果有關聯的話，為什麼我會只剩一年壽命。

京香急忙把這句話吞回肚子裡。鼓掌聲響起，戲劇社的表演應該結束了。鼓掌聲仍未停歇，連在舞台側方等待的團員們都感受到其震撼程度。

「人類死亡，不需要特別的理由。或者說，活下來才真的了不起。我們一定只是因為幸運，才沒有死掉的。」

所以死亡並不可怕。人常常沒來由地死去。平常做不做好事、對社會有沒有貢獻、有沒有深愛的對象、是不是被愛著，這些事情都不是死亡的原因。

死神總是隨心所欲地收走生命。所以隨心所欲地奪走我的生命，隨心所欲地救了沖晴。只是這樣而已，必須這樣才行。

「踊場姊，妳怎麼哭了？」

沖晴的聲音裡夾雜了一絲疑惑。「踊場姊！」他瞪大眼睛，反覆地叫著京香的名字。

京香這才發現自己的臉上有淚水。太奇怪了。

自己明明有所覺悟才回到階梯鎮來。明明知道「人總是無來由地死亡」卻還是落淚。

害怕。自己還害怕死亡嗎？京香還以為自己已經克服那個階段了。

「抱歉，我沒事。」

太慌張的話，反而會遭大家懷疑。京香努力用冷靜的聲音說話，然後靜靜地擦去臉上的淚水，幸好淚水也已經止住了。

館內響起廣播聲。舞台側方的執行委員引導合唱團進場。

「好了！要開始嘍！」

京香拍拍欲言又止的沖晴肩膀後，自己也走向舞台。

京香坐在三角鋼琴前的椅子上，收到瀨戶內老師的眼神指示後，將手指放在鋼琴鍵盤上。

今天獻唱三首歌曲。首先是在合唱大賽唱過的兩首歌曲，儘管飲恨沒有進入全國大賽，團員還是想讓全校師生看看這幾個月來努力練習的成果。少了參加大賽時的壓力，大家的歌聲都相當優美，聽起來十分動聽。

演奏期間，京香盡可能地不看往沖晴的方向，因為她隱約感覺到沖晴的視線一直在自己身上。

前兩首歌順利演唱完畢了，緊接著是最後一首歌。那一首令人動容的歌——因北方大海嘯而生的歌曲；一首關於遭受巨大損失的人們，正一步步建立起新生活的歌曲；以死者的視角，溫柔地守望生還者的歌曲。這首歌歌詞優美，伴奏聽起來儘管有些感傷，但仍是首好歌。

B段開始沒多久，演唱開始出現狀況。在低音部獨唱部分，沒有聽見沖晴的聲音。

尷尬的氣氛下，只聽得見鋼琴的聲音。其他團員一起看著沖晴，擔心他是不是忘詞了。京香也抱持同樣想法看著沖晴。

沖晴的雙眼中，不停地落著大顆的淚珠——一顆又一顆，不停地落下。

高音和中音部開始接著演唱後，依舊聽不見沖晴的歌聲。歌曲繼續進行中，一直進行著。有時可以聽見沖晴努力從喉嚨裡擠出來的聲音。由於淚水的影響，他的聲音顫抖著，唱不好歌。觀眾的竊竊私語聲蓋過了他沙啞的聲音。

隨著歌曲進行，沖晴流淚的情況越來越嚴重。彷彿壞掉的水龍頭，絲毫沒有停下的跡象，而他自己比任何人都還驚訝。

一轉眼，歌曲結束了。舞台上開始降下幕來。「謝謝合唱團的表演。」館內響起了若無其事的廣播聲。

在幕完全落下之前，大家都不發一語。等幕完全隔開了舞台及觀眾的瞬間，瀨戶內老師喚著沖晴的名字。

「怎麼了？」瀨戶內老師問。

在老師說話同時，京香站了起來。鋼琴椅子順勢倒地，發出刺耳的聲響。大家紛紛看向京香，京香卻衝向沖晴，抓起他的手，往舞台另一側跑去。有幾個執行委員站在那邊，京香用身體碰開了那扇離開體育館的門。

九月，天氣仍殘留著暑氣，她拉著沖晴跑向體育館後方。

沖晴沉默不語，他的呼吸越來越急促，當京香回神時，他已經開始抽泣。他們沿著竹林跑到沒有人的地方停下腳步，沖晴用沒被抓住的手臂不停地擦著眼睛，不論怎麼擦，眼淚就是停不下來。

這次和之前取回「厭惡」或是取回「憤怒」的情形不同。他完全明白自己發生了什麼事，他正和自己剛取回的情緒拉扯著——悲傷。

無論九年前或是現在，少年獨自背負著莫大的悲傷。

「對不起……」

沖晴用手臂摀著臉說。他一邊抽噎著一邊不停道歉。京香甚至不知道他為何道歉，但他依舊沒有停下來。

「好好哭一場吧。」

京香慢慢地靠近沖晴，距離近得像臉頰可以感受到彼此的呼吸，她伸出手摟住沖晴。沖晴的身體僵了一秒後，順從地靠在京香的肩膀上。

京香知道這是沖晴所需的。當母親過世時，或是得知自己只剩一年壽命時，都需要有人陪伴。

對於損失重要事物的人來說，重要的是需要有人陪伴左右，一個願意概括承受你所有情緒的人。光是安慰，喚不回任何東西，也無法改變悲傷的程度，他們必須依靠自己的力量去跨越傷痛、迎向未來。

不過，身邊如果有個人能理解你所有狀況，並且對你說：「雖然我無法減輕你的痛苦及哀傷，但我會一直在旁邊陪著你，聽你說話，接受你的想法。」那將會是莫大的救贖。

或許是知道沖晴身邊沒有人可以做這些事，所以才扼殺掉他所有情緒。啊，不對——死神確實奪走了他所有情緒。京香一直在想為什麼死神要歸還情緒給沖晴，然後她想起了大賽那天發生的事。他和小梓重逢，詳細地告訴京香有關大海嘯那天所發生的事。從那天起，沖晴就一直在思考著那些在海嘯中失去的事物吧。

只要和那場災難有關的事情，皆是死神歸還情緒的契機，這是祂的規律。若是如此，的確有可能。當沖晴明確地想起那天發生的所有事，並且說給某個人聽後，死神便歸還情緒。

「你可以盡情哭泣，彌補那些過去沒哭的份。」

沖晴聽了，開始放聲大哭。他大聲哭喊著，哭得像孩子一般。

早在九年前，他就該如這般慟哭。京香撫著沖晴的背，心裡這麼想著。

當沖晴的眼淚徹底潤濕京香的肩膀時，她彷彿聽見遠處有人叫著自己的名字。

京香不在意地看著頭上大片的積雨雲。這和夏天經常看見的、高聳入天的積雨雲不同，而是在天空裡，正在融解的淡淡積雨雲，可能是專屬於夏季即將結束的時期吧。

或許，這將成為人生最後見到的積雨雲。

京香心想著。那一瞬間，她再度聽到有人叫著自己的名字。

「京香！」

清楚又鮮明，而且相當耳熟的聲音。

京香回過頭後，看見一名年輕男性。他穿著深藍色的休閒褲搭配襯衫，手上拿著外套，一臉嚴峻地看著京香。

嚴謹的站姿及眉清目秀的五官，京香非常熟悉。他和自己同年，就讀同一所大學、參加同一社團。兩人大學畢業沒多久便開始交往，並曾經想過要和他共結連理。

「妳在這裡做什麼？」

男性——赤坂冬馬說話的語氣帶著一半憤怒一半驚訝。

「我剛剛去過妳家，外婆說妳在這裡擔任合唱團的指導。京香，妳不是應該回到故鄉輕鬆悠閒過日子嗎？」

京香想起外祖母剛剛傳來訊息的事。她後悔自己沒有先看那封訊息，訊息內容一定是「冬馬來到舞池咖啡廳了」。

「為什麼你……」

當京香低聲自語同時，沖晴吸著鼻水抬起頭看向冬馬，用那雙紅通通的雙眼，看著京香的前男友。

第五章

死神操弄命運
志津川沖晴恐懼不安

海平面上的堤防前端是沖晴和踊場京香相遇的地點。站在這裡感覺就像站在海中央，沖晴覺得，只要一直到這裡來，或許哪一天死神就會來接走他。

可是，出現的人卻是她。

沖晴望著海水，然後閉上眼睛，腦海中閃過瓦礫堆和佈滿油的海水。耳朵裡聽見有某種蠢蠢欲動且逐漸破碎的聲音。還聽見人聲，以及人命逝去的聲音。

海浪吞沒一切，帶走萬物回歸海裡；觸目所及的各種物品，全都隨著海浪進了海裡。

坐在和京香相遇的地方，看著平穩的海象，沖晴覺得自己的記憶出現混亂。沖晴覺得自己不過是作了一場惡夢，明明自己當時覺得那麼恐怖、那麼害怕、那麼痛苦、那麼難過，真是太不可思議了。

「這座城鎮，真的到處都是樓梯跟坡道啊。」

聽見後方的說話聲，沖晴回頭一看。那個男人單手拿著喪服外套，一手擦著額頭的汗水，走向了自己。

赤坂冬馬。踊場京香的前男友。

沖晴第一次遇到他的時候，他的打扮也和現在相同。

「走在階梯和坡道上，感覺就像跳著舞，我才恍然大悟，京香的姓氏『踊場＝舞池』是其來有自。」

冬馬站在離沖晴幾公尺遠的地方停下來，閉著眼睛感受著舒服的海風吹拂。嘴角微微上揚，面帶微笑。

「你來做什麼？」

沖晴不客氣地說。話裡隱藏著沖晴的真心話——我討厭你。

「因為你突然不見蹤影，我擔心你該不會是想不開，所以才來找你的啊。」

冬馬皺眉，雙手扠著腰，一臉受不了沖晴的樣子。

「我去舞池咖啡廳找過你，京香的外婆告訴我，你應該在這裡，所以我才特地過來找你。」

「那還真是有勞了。」

「如果你出了什麼事，京香會無法安心去天堂的，她會因為擔心，而留在雲上一直看著你。」

「不用擔心我。」

海浪在沖晴的腳下拍打發出聲音，潮汐的味道撲鼻而來。沖晴用大拇指輕撫手中向日葵的花瓣。

「謝謝，但我沒事。」

「說自己沒事的人，通常不會真的沒事喔。」

「如果我覺得悲傷時會難過，覺得想哭時就會哭，不勞你費心。」

「說什麼大話，那時候明明哭得慘兮兮。」

冬馬說的是事實，沖晴當時的確給他添了不少麻煩。明明覺得不好意思，但他仍無法克制自己內心的煩躁。

「話先說在前頭，我會取回『恐懼』情緒，多半是因為你出現的關係。」

「跟我又有什麼關係？」

沖晴說了謊，他自己也知道事實並非如此。自己果然真的很討厭他，才會扯出這麼無聊的謊言。

「一定是因為我覺得你會搶走踊場姊的關係。」

「誰知道啊！臭小鬼啊你？」

「我就是。」

不過，或許沖晴真說對了一半。他至今仍記得京香看到冬馬出現時的表情，她一臉悲傷，有如看見鍾愛的事物出現在眼前一樣。

那是混合了悲傷與鍾愛的表情，沖晴心想，她一定深愛著這個男人吧。即使沒有住在一起、即使分手了，她還是愛著他。

對沖晴來說，踊場京香是他的唯一。她是唯一一個願意無條件地接納自己、陪伴自己的人。他無法忍受京香就這樣離開。

「話說回來，有關那個死神還是什麼的事，」

叩、叩、叩。隨著鞋子踩在水泥地上的聲音，冬馬走近沖晴。冬馬站在沖晴身後，居高臨下地看著他。

「臭小子，你真的看過死神嗎？」

沖晴抬起頭，仰望著冬馬。

「你為什麼知道這件事？」

「後來京香寫信給我，她用非常認真的口吻，詳細地寫著關於你的事情。像是只要發生災難經驗有關的事，就會取回情緒之類的，」

原來她寫了信啊。她究竟是用什麼心情去寫關於死神的事情呢？

「你是不是想說一切都是我的錯覺？」

「一般的大人都會這麼認為吧。」

「踊場姊相信我了。」

「她也是個怪傢伙，居然會認真相信心理受創的孩子所說出的幻想。」

現在，其實連沖晴也搞不清楚，就像冬馬說的，這一切都有可能是他自己的幻想。這個身體為了保護自己，可能大腦、心智都有些扭曲了。

自己選擇拋棄所有情緒，只為了不再想起那些痛苦回憶；為了讓自己容易過生活、找到自己的歸屬，運動神經和記憶力也變得優於常人；看到別人的死期，只是自己騙自己而已。

不過，受傷馬上就痊癒的能力，依舊是個謎。因為京香也親眼看到了。啊，可是京香有可能全盤接受了沖晴的幻想。在海嘯中失去所有事物的沖晴和剩餘壽命無幾的京香，兩個人或許都不太正常，可能看到了與現實不同的世界。

在學校受重傷時，為了掩飾傷勢已經痊癒，沖晴上學時還包了好一陣子的繃帶。然而事實是傷勢仍然相當嚴重，只有自己和京香相信已經完全痊癒。如果有人這麼說，沖晴的確無以回覆。

「……我也搞不懂。」

沖晴說完之後，發現冬馬站在他背後匪夷所思地歪頭看著自己，連向日葵也被風吹得歪了頭。

✦

母親死後，自己是怎麼了呢？

在昏暗的和室裡抱著膝蓋，京香想著這件事。當時出人意料地沒有落淚，反而覺得母親終於可以從病痛與苦楚中解脫，鬆了一口氣。京香覺得自己這種想法很薄情寡義，但外婆卻告訴京香「對於妳接受這件事情的方式，我沒有任何意見」。京香才願意放過那個不覺得悲傷的自己，並且下定決心要參加合唱大賽。

房間裡充斥著沖晴不斷啜泣的聲音，京香突然想起高中時代的自己。

「沖晴君，要喝點水嗎？」

京香拿起托盤的杯子，朝眼前的墊被遞去。隆起的棉被只是微微顫抖著，沒有其他反應。

文化祭中，京香從學校中帶走了沖晴。沖晴無論是在前往京香家途中，或是回到自己家之後，一直在哭泣。因為實在哭得太厲害，京香在寢室內鋪了墊被。

沖晴將被子蓋過頭頂，眼淚依舊停不下來。

再這樣下去，該不會哭到體內水分完全流失，脫水致死吧。

聽到斷斷續續的抽泣聲，京香將杯子放回托盤，隔著棉被撫著沖晴的背。

他終於可以難過了。過去經歷的包括失去家人、海嘯吞沒故鄉、在親戚間流轉、大家對他說的無禮之言、傷心難過時無法表現難過等等，他終於可以盡情地悲傷了。

「沖晴君。」

叫完沖晴的名字，京香一下子不知道該說什麼。取而代之的是玄關處傳來了開門聲。

「等我一下喔。」

一定是外祖母吧！京香心想著走出房間，看見站在玄關的人之後倒抽一口氣。外頭天色昏暗，一陣令人感受得到秋天涼意的風吹進屋裡。

「原來是你啊。」

前男友板著臉孔，雙手抱著芥子色琺瑯鍋。明明是初次到訪的城鎮，為什麼自己得抱著一口鍋子走在街上呢？他的表情如此說明著。

「什麼叫做『原來是』啊。」

「沒有，我只是覺得外婆不用麻煩你做這些事而已。」

京香和前男友在體育館後方久別重逢，沖晴又取回了「悲傷」情緒。腦子裡有太多太多必須得立刻處理的事情，這時候她只能先安排順序，讓自己可以一件一件地處理事情。

決定好順序後，京香請冬馬在舞池咖啡館裡等候。「你先喝杯紅茶，等我回來！」京香的口氣有些強硬，冬馬聞言，看起來相當不滿。

「我也覺得妳外婆不太一般。怎麼會突然對一個身分不確定的男人說：『喝完紅茶幫我送炊飯過去。』」

京香接過冬馬手上的鍋子。鍋子很重，兩個人吃未免太多了吧？京香忍不住想，然後看了看冬馬。

「裡面好像裝著牛肉和香菇炊飯。」

尷尬的冬馬指著鍋子，嘆了一口氣。

「她叫我跟你們一起吃。」

「果然沒錯。」

京香下意識地看向沖晴所在的和室。冬馬沒有錯過這一刻。

「說真的，外婆拜託我時，我本來想，等鍋子交給妳之後就直接回飯店的。因為我實在很在意妳的情況，才會藉到大阪出差的機會來看看妳。」

冬馬和京香看著同一方向，又輕輕地嘆口氣。

「那個高中生是誰？」

冬馬詢問著京香，口氣很平淡。每當他不高興時，都會用這種口氣說話。京香從大學時期就認識他，所以對他瞭若指掌。

「我剛剛跟你說過，他是我協助指導的合唱團團員。」

「那妳為什麼跟合唱團團員在體育館後面抱在一起？」

京香和沖晴沒有做什麼見不得人的事。但是一一說明又非常麻煩，而且京香明白，即使解釋了，冬馬也不會接受，這點更加棘手。

「晚餐，我就恭敬不如從命，和你們一塊吃吧。」

冬馬脫下鞋子，一臉拿你們沒辦法的樣子，搶過京香手上的鍋子。他看了看四周後，走向位於走廊尾端的廚房。

「不行，這樣不太好……」

「如果妳立刻對我說明一切，我就會乾脆地回去。」

冬馬在廚房桌上放下鍋子，眼睛直勾勾地看著桌上某個位置。桌邊放著一罐紅茶葉，日光燈照射下，銀色的鐵罐反射出光芒。

「妳家也有這種紅茶。」

冬馬拿起鐵罐，喃喃說道。他所說的「妳家」指的是京香在東京獨居時所住的公寓。他說得沒錯，那時廚房裡一定會有這款紅茶。

「我記得妳以前常泡給我喝。」

沒錯。這款紅茶和舞池咖啡館使用的是同一款。在東京生活時，只要喝完了，京香就會請外婆再寄過來。冬馬手上的紅茶，是外祖母送給沖晴的。

因此，儘管京香和沖晴之間沒有任何不可告人的行為，冬馬卻擅自認為他們兩個之間有特別的關係。

「對啊，沖晴也很喜歡那款紅茶。」

自己已經和冬馬分手了，所以不需要感到罪惡。京香說服著自己，雖然有些為時已晚。她裝滿燒水壺的水後，放在瓦斯爐上。機會難得，她打算也為沖晴沖壺紅茶。

打開冰箱，看見前幾天外祖母分給沖晴的西式泡菜，還有山茼蒿和萵苣，可以做些簡單的涼拌菜。

「妳常常這樣替他做飯嗎？」

「偶爾過來而已。」

真的只是偶爾為之。外祖母會邀請沖晴一起吃晚餐，也會像今天這樣叫京香送晚餐配菜來給沖晴。如果沖晴假裝不知道如何烹煮分得的食材，京香就會配合，留下來為他煮一頓飯。

「他沒有父母親？」

「對。」

京香清洗茼蒿及山茼蒿，切成一口大小放進容器裡，加入麻油、鹽巴、醬油後加以攪拌。爐上的熱水滾了，京香在白色舊茶壺中放入茶葉並注入熱水。

「幫我端過去。」

京香將茶壺和茶杯遞給冬馬。「放哪裡？」冬馬一臉老大不願意地詢問。「有電視的和室。」京香指著走廊說。冬馬左手拿著茶壺，右手靈巧地拿著三個杯子走出廚房。話說回來，學生時期，他曾在咖啡店裡打過工。

冬馬來回起居室和廚房好幾次，準備著三人份的晚餐。「筷子在哪？」「瀝水台邊邊！」「瞭解！」「先說好，那雙紅色筷子是我的。」每當兩人在走廊擦肩而過時，一來一往的對話，感覺像回到了還在交往的那段時間。

起居室那張尺寸不大的和室桌上，放了紅茶、炊飯、西式泡菜和涼拌菜後已無其他空間。

「你先吃沒關係。」

京香留下欲言又止的冬馬，打開隔壁房間的紙門。

沖晴坐在墊被上，抱著單邊膝蓋看著京香。京香感受到背後的視線，急忙關上紙門。房間裡一片黑暗，但京香知道沖晴的眼中仍掛著淚。

「不要開燈。」

當京香伸手要拉日光燈拉繩時，沖晴說道。因哭累而沙啞的聲音，仍帶著哭腔。

「我的臉應該慘不忍睹。」

「的確，你的臉和眼睛一定非常紅。」

京香伸手摸索裝著水的杯子，杯子是空的，表示沖晴已經喝過水，京香這才放心。

「那個人為什麼在這裡？」

京香的眼睛已經習慣昏暗，她看見沖晴視線一直盯著隔壁的起居室，看著冬馬的方向。

「我外婆請他幫忙拿炊飯過來。」

京香在體育館後方簡單向沖晴介紹過冬馬是誰，雖然知道他是誰，但一個陌生人跑到自己家來，當然會不太高興。

「你吃得下嗎？我還泡了紅茶。」

沖晴一直吸著鼻水不說話，隔一會兒搖搖頭。

「我拿進來給你，你多少吃一點，今天還有你喜歡的西式泡菜。」

他又搖了搖頭，然後直接躺下蓋好棉被。

「我知道了，那我幫你留一份。想吃的時候再吃。」

京香拍拍沖晴的肩後返回起居室。她一邊從琺瑯鍋中盛出炊飯，冬馬看起來還是不太高興。「這是什麼情況？」冬馬說。

「他說他不想吃。」

京香耐不住沉默的氣氛，打開了電視。七點左右正是綜藝節目開播的時候，京香轉著頻道，選了看起來最熱鬧的節目。

「妳有去醫院回診嗎？」

冬馬拿著筷子問道。噓——京香的食指擋在嘴唇前，壓低說話音量。

「小聲點，沖晴君不知道這件事。」

冬馬吃了一口炊飯，如京香預料，冬馬又皺起了眉頭。

「什麼意思？」

「這又不是什麼值得張揚的事。我有回診，也有吃藥。意外地沒什麼問題，身體不痛也不難受。」

祖母做的炊飯雖然有些涼了，但還是很美味。裡面有牛肉和香菇，米飯相當入味。

「吃飯也吃得很香，我還在想能不能就這樣安詳地離開呢。」

西式泡菜也醃得恰到好處。萵苣和山茼蒿的涼拌菜雖然是臨時做的，但很好吃。京香斜眼看著遲遲不動筷子的冬馬，一口一口地吃著食物。

和冬馬分手時，儘管事發突然，卻相當平靜。京香告訴他，自己已經接受餘命不長的事實，但不打算動手術，也說了要回老家的事。而冬馬，完全不接受京香的說法。

他不接受京香餘命僅剩一年。

也無法接受京香不動手術、不採取任何延命治療，包括她執意回階梯鎮的事。對冬馬來說，京香這麼做，真的是沒有任何挽回的機會。

「那個時候，我很抱歉。」

京香無須開口詢問也清楚他指的是什麼時候。

「既然我們已經分手，現在我也不打算對妳的人生指手畫腳。」

冬馬動了筷子，似乎想藉由咀嚼食物來填補思考該說什麼的沉默時間。他只要嘴巴裡有食物，就絕對不會說話。拿筷子的姿勢也很優美，雖然有時說出不中聽的話，但仍感覺得到他接受過良好的教育。赤坂冬馬自學生時代就是這樣的人。

「我來這裡，只是想對妳說這些話而已。」

「謝謝你。」

京香也繼續吃著炊飯。電視裡的綜藝節目不斷傳出開心的笑聲。

在一陣歡笑聲中，隔壁房間傳來了「咚」的聲音。

「沖晴君？」

京香對著紙門叫喚，但沒有回應。可是，感覺隔壁的確有些騷動。京香有股不祥的預感，非常、極度不祥的預感。

京香打開紙門，起居室的光線透進房間裡，黑暗的和室裡出現一道白色的線。

一打開門，京香就看到沖晴坐在櫃子前面，那是老舊的大和式抽屜櫃，裡面一定還裝著前房客的衣服。

沖晴紅腫的眼睛一直楞楞地看著黑暗中某處，沒有察覺京香的舉動，光線照著他，感覺他隨時可能融化消失。

「沖晴……」

沖晴舉起右手，他手中拿著某物反射出光線，當京香發現那是一把大裁縫剪刀時，立刻朝沖晴飛奔過去。

「住手！」

京香大力推開紙門，想上前抓住沖晴。同時間，一聲柔軟的東西裂開的聲音傳了過來，一個潮濕又不太正常的聲音。

一滴、兩滴、三滴，老舊的榻榻米染上了紅褐黑色痕跡。刀口染著血的裁縫剪刀掉在房間角落。

沖晴的左手淌著血，和他的眼睛中不斷流著淚一般，血汩汩流著。

京香伸手打開櫥櫃的小抽屜，拿出一條毛巾。她拉著沖晴的手臂高舉過胸口，用毛巾壓緊傷口。

「急救箱！」

她朝紙門對面呆站著看事情發生的冬馬大吼。

「在電視櫃裡面！快拿給我！」

「啊、好！」冬馬像突然驚醒般回覆京香後，便跑向電視櫃。他抱著棕色的急救箱回到房間，並且打開電燈。

京香拿出急救箱中的紗布代替毛巾，繼續壓著傷口。她在燈光下檢查沖晴的傷口，沒有想像中的深。她接過冬馬遞過來的新繃帶蓋在傷口上，用膠帶固定好，再纏上繃帶以防萬一。

「為什麼要這樣？」

京香纏緊繃帶時問道。

「……我想確認看看，這次又失去了什麼能力。」

沖晴聲音沙啞地回答。「什麼？！」京香知道身後的冬馬表情一定不太好看。

「即便如此，也不用做這種事啊。手腕上有大血管，一旦出差錯會死的，你應該知道吧？」

京香用膠帶固定好繃帶尾端。沖晴的表情看起來既神秘卻平靜。

「如果他們沒有來接我就好了。」

忽然間，沖晴嘀咕著。無力卻強烈地迸出話來。

「媽媽所在的醫院，地勢比較高，而我在學校。爸爸只要帶著媽媽和不知是弟弟或妹妹的嬰兒一起逃走，不要管我就好，那麼大家都不會死。要死，只要我一個人死就好。」

他一直想著這件事吧，這九年來，年復一年、日復一日地想。

「所以我覺得，這一切已經夠了。」

沖晴的臉頰和眼皮很腫，眼睛像壞掉的水龍頭般落著淚，俯視自己包著繃帶的手臂。

「我甚至覺得，乾脆就這樣死掉算了……」

冬馬甩掉急救箱，繃帶、紗布、OK繃、消毒藥水散落在榻榻米上。

「喂！你這小子！」

冬馬一把抓住沖晴，掄起拳頭作勢準備毆打他。

「等一下！」

京香衝向冬馬的右手，將它拉往和關節相反的方向。「痛、好痛！」冬馬發出悲鳴，放鬆力道，就這樣被京香拉到起居室。

「京香！」

京香抓起冬馬的外套與包包，推向他的胸口，接著將他整個人推向玄關。如果不這麼做，冬馬真的會毆打沖晴。而且一旦出手，便不會輕易停手。京香知道他不是這種易怒的人。儘管如此——

冬馬無法容忍那個男孩在自己面前說出「死了也沒關係」這種話。

「你快走！今天先回去吧！」

冬馬被京香推到了水泥地，腳上僅穿著襪子，一口氣提不上來，嘴裡嘖嘖著。他大口喘氣，眼睛直瞪著京香。

「妳想怎麼在這個鎮上生活，我沒有意見。」冬馬不吐不快。「嗯。」京香平靜地回覆。

「但是妳居然和講出那種話的臭小鬼一起相處，我實在不懂為什麼，也無法接受！」

冬馬穿上鞋子，粗暴地打開玄關的門，不再多說什麼。獨自一人憤怒地走在天黑的階梯鎮上。

京香一直站在玄關，直到看不見冬馬的身影。

「你覺得治癒能力消失了嗎？」

沖晴吃著炊飯做成的飯糰，歪了歪頭。

「明天應該就會知道了吧。」

沖晴沙啞地回答後，又咬了一口飯糰。或許是因為他對自殘行為感到抱歉，京香端著飯糰進房間時，他意外坦率地吃了起來，並乖乖地喝著冷掉的紅茶，有時也會夾幾口西式泡菜搭配飯糰享用。

「那個人是妳男朋友吧？」
「前男友，回來階梯鎮前就分手了。」
京香坐在沖晴的墊被旁，坦率回答。
「妳還愛他嗎？」
沖晴雙眼通紅地看著京香，眼淚好不容易停下來。
「你為什麼這麼說？」
「我聽到你們準備晚餐時的對話，似乎感情很好。」
「這個嘛，我認識他很久了，彼此默契比較好，默契而已。」
「他看起來也還愛著妳，妳也不討厭他對吧？」
因為相愛，所以在一起；因為不愛而分開，如果選擇可以如此簡單，那該有多輕鬆啊。如果兩人可以這麼理想地分手，冬馬也不會藉出差的機會造訪階梯鎮了吧。
「可能吧，不過因為我們對人生的目標完全不同，就算相愛，人生藍圖不同的話，就沒辦法繼續相處了。」

「是這樣嗎？」

「成人的世界就是這樣。」

即便冬馬接受了京香的選擇，他們應該也會分手。和餘命一年的戀人度過人生最後的時光，這種情節留在電影或小說裡就好，現實生活中，京香不希望心愛的人配合自己演出這種灑狗血戲碼。

「原來是這樣。」

沖晴敷衍回答，吃完手中的飯糰。他看著自己空蕩蕩的手，自嘲地笑了。

「感覺好奇怪喔。過了九年，終於開始可以為了各種事情難過、哭泣……也會覺得口渴、肚子餓，還會介意踊場姊有前男友的事。」

好奇怪喔。真的太怪了。沖晴一直重複說著，看起來就像個壞掉的玩具。

「可能我本來就很奇怪吧，無關是否取回所有情緒。」

京香覺得沖晴的側臉似曾相識，因為母親過世時，高中時期的踊場京香也這麼想過。

「不是的。」

京香抓住沖晴包裹繃帶的左手搖著頭，一連搖了好幾次頭。

「家人過世後，因為過於悲傷，的確會什麼事也做不了，飯也吃不下。大部分的人都是這樣過來的，但這並非意味著那些沒有出現這些反應的人就很殘酷、奇怪。」

京香的手指輕輕地移到沖晴的手掌，溫柔地握緊後，沖晴也回應反握。

「因為當事者真的失去了重要的事物，因此所延伸的任何感覺對他來說都是獨一無二的。無論是家人或是朋友，都沒有說他奇怪、瘋狂，或指導他該怎麼做的權利。」

我不奢求你們可以理解，也非要求你們的安慰或救贖，只求不要否定我就好；只求你們可以讓我好好擁抱那些自己內心的感受就好。

「你這九年沒有悲傷過，絕對不是什麼壞事。覺得悲傷的時候再難過，想哭的時候再哭就好。即便一輩子都沒有想哭或難過的時候，那也不是一件壞事。」

沖晴的指尖顫抖著，他邊點頭邊啜泣。低垂的眼睛裡，又開始流下眼淚。感覺到京香接近後，他便將臉靠在她身上。

不知道這孩子能不能認可自己九年來只憑「喜悅」情緒生活的日子。如果可能的話，在自己死去前這段時間，希望他能夠好好地認可自己。京香殷切地期盼著。

沖晴撒嬌地要求京香陪他一起睡。在京香鋪著另一組墊被時，他已經躺在自己的棉被裡睡著了。

他哭了一整個下午，已經耗盡了體力。又紅又腫的眼重重地閉上，睡得很深很沉。

京香在沖晴的墊被旁約十公分的位置鋪好被褥後，回到廚房清洗碗盤，又到洗手台洗漱完畢才躺進被褥裡。長期未使用的棉被有點潮濕，還有一股菸味。

躺在被褥裡，京香思考著有關沖晴明天起該怎麼辦、被自己趕出門的冬馬的事。不過因為仰躺又閉著眼睛，一陣睡意朝京香襲來。

總之先考慮明天的事吧。正當京香準備入眠時。

旁邊響起衣服摩擦的聲音，接著是翻開被子的聲音。黑暗中，京香知道沖晴起來了。他不是要去廁所，也沒特別要做什麼，只是坐在那裡。

他一直看著京香。即使閉著眼睛，京香也能感覺到他看著自己。不知道過了多久，十分鐘？或是二十分鐘？沖晴一直保持著相同姿勢。

「怎麼了？」

京香慢慢張開眼睛詢問道。沖晴看起來沒有驚訝，只聽到他輕輕吸著鼻水的聲音。

「踴場姊睡在身邊，我覺得很放心。」沖晴回答，聲音聽起來比方才平穩多了。

「問妳喔，妳明天要回家嗎？」

這是個小孩。雖然聲音或用詞都是高中生的志津川沖晴，但整個氛圍卻讓人覺得是個十歲的小孩在說話。

「為什麼這麼問？」

「因為我想到，明天晚上我又得獨自在這裡睡覺。」

「你不喜歡嗎？」

「很奇怪對不對。之前明明自己睡都沒什麼問題，來到階梯鎮之前，住在不熟悉的親戚家時，我都睡在儲藏室二樓，他們會把飯菜放在一樓，然後我吃完就去上學，放學後又回到儲藏室二樓睡覺。以前覺得無所謂，現在卻完全不能接受了。」

看到京香沒有回話，沖晴又呵呵兩聲，自嘲地笑道：

「對不起，我以為我只要說這些話，妳會覺得我很可憐，明天就會願意陪我一起睡。」

很差勁吧。沖晴一副欲言又止的樣子。京香翻身轉向他。

「我明白了，明天也陪你一起睡。」

「後天呢？」

又是如同孩子般的問法。

「大後天呢？」

他的情緒一定還是保持在九年前的狀態。無論厭惡、憤怒或是悲傷等情緒，都以新生兒的姿態回到高中生沖晴的身體裡。

「妳會永遠陪在我身邊嗎？」

沖晴身體往前傾，像是要看穿京香一般。說什麼永遠。

他不知道要求京香做出這種約定有多麼殘酷。

「對不起喔。」

看見京香沒有回答，沖晴又率先道歉。

「對不起，問出這種令妳困擾的問題。」

沖晴可能又哭了。耳邊又響起他吸著鼻水的聲音。黑暗的和室裡只聽見濕潤的聲音，京香動動身體，移至被褥邊緣處，掀開被子。

「乖，過來這裡。」

京香拍了拍墊被，沖晴一句話也沒說。

「總之，今天我陪你一起睡，所以乖乖睡吧。」

沖晴仍然一動也不動。京香掀開被子好一會兒後，他才慢慢移動過去。「對不起。」他道了三次歉，然後鑽進京香的被褥裡。

「我知道，自己不應該這麼做。」

「對呢。」

京香幫沖晴確實地蓋好被子，沖晴大大地吸氣、吐氣，氣息撲到京香的臉上。

「我不會亂來的。」

沖晴補充說明得有點晚。

「我知道了。」

京香閉上眼睛，兩人皆沒有再說話。

不過，不知道經過幾分鐘，沖晴開始移動，他將身體貼近京香，用臉頰蹭著京香的鎖骨。

感覺就像照顧小狗的狗媽媽一樣，京香毫無抵抗。雖然沖晴的氣息讓京香感覺發癢，但不知不覺之間，發癢的感覺也漸漸消失了。

京香確認沖晴完全入睡之後，用大拇指輕輕地撫著他的眼角。

他深深入眠的雙眼，再度流下了淚滴，如雨滴滑過玻璃窗似的綿綿不斷。

◆

京香起床後，沖晴已不在身旁。晨曦照進房間裡，窗簾靜靜地搖晃著。

京香拉開窗簾，發現沖晴站在庭院裡。他光著腳踩在地上，遠眺著海面。這裡的海和他故鄉的海一定大不相同。他一直看著那些浮在海面上，用橋梁聯繫著彼此的幾座大島。

他看著早上的海洋在想些什麼呢?「早安。」京香一面想像他的心思,並向他道早安。

「早安。」

沖晴回過頭,手上緊抓著昨天包過的繃帶。

「傷口沒有復原,還是很痛。」

「那你的治癒能力也消失了啊。」

「好像是這樣。」

沖晴失望地捲著紗布,想要重新包回手上。京香見他單手不好操作,於是坐在緣廊上,朝沖晴伸出手。「我幫你。」京香說。

「昨天很對不起。」沖晴乖乖走到京香面前伸出左手,向京香道歉。因為哭得太久,聲音依舊沙啞。海風吹著周圍竹子的聲音,輕易地蓋過了他說話的聲音。

「不用在意。我會遵守約定,今天也會過來陪你。」

京香謹慎地捲著紗布,想親眼確認傷口狀況。遭剪刀割開的傷口頗深,還沒有開始癒合。「好痛！」京香纏緊繃帶時，沖晴提出抗議。
「你自己割的，忍耐點。」
「話雖如此，可是還是會痛啊。」
沖晴說完後便安靜下來。京香用膠帶固定好繃帶後，笑出聲來，不仔細聽還以為她在嘆氣。
「好吧，我不介意妳弄痛我。」
「為什麼啊？」
京香笑著回答。「因為啊！」沖晴接下來說的話令京香心頭一驚。
「我以為昨天妳會跟那個男人一起離開，遠走高飛到我不知道的地方去，留下我一個人。」
別再說了。京香想阻止他繼續說下去，卻發不出聲音。
「可是妳留下來陪我了。所以妳……」
沖晴的話不自然地停下，他的喉嚨傳出如風吹過縫隙的聲音。

「踊場姊？」

沖晴抬起頭，聲音聽起來像在抽播著。他瞪大眼睛，一副不明就裡的樣子看著京香。

他充血發紅的眼睛充滿了困惑，呼吸也在顫抖著。

「怎麼會？」

「怎麼會什麼？」京香像個孩子般用力歪著頭，戰戰兢兢地問道。

「為什麼？」

「你到底怎麼了？」

「太奇怪了，怎麼會！為什麼會這樣……」

沖晴慢慢地後退，從京香手中抽出自己的左手。固定繃帶的膠帶卡在京香手指上，好不容易包好的繃帶又全部鬆開了。

一圈一圈地、緩緩地鬆了開來。

受風吹動的繃帶接觸到地面的瞬間，沖晴倒抽了好大一口氣。

「為什麼！」

他驚訝地看著坐在緣廊的京香，大聲叫道。

「為什麼我會看得到妳的死期！」

死期。

他的確說了這個詞。

——距離死亡多久之前能看到是因人而異，不過，在我眼裡，將死之人的臉是透明的。而且會越來越透明，到死之前就看不清他們的表情了。

以前沖晴曾這麼說過。他看不見京香和外祖母的死期，要她放心。

是嗎？終於……終於連自己的臉也變得透明了嗎？

剛才沖晴想對自己說什麼呢？「所以妳……」接下來是什麼內容呢？京香一面想像著後續，一面說出連自己都覺得異常冷靜的話。

「那是當然啊。」

看來已經瞞不住沖晴了。而且他已經開始要求京香做出有關「永遠」之類的承諾，因此無法再繼續保持秘密了。

「沖晴君，因為罹癌，醫生說我只剩一年壽命了。」

鬆開的繃帶掉至地面。沖晴不停地眨眼。他每眨一次眼，京香彷彿可以聽見他的內心中有東西正在啪嗒、啪嗒碎裂的聲音。

「而且，我得知這個消息已經過了一段時間，所以你能看見我的死期也是正常的。」

究竟，沖晴開始看見死期的人，經過多久會死亡呢？聽沖晴說因人而異，有人似乎很快地在隔週就離世了。

「前陣子，合唱比賽過後，我、你和小梓去了一家咖啡店對吧？那時你問我，為什麼第一次來就知道蛋糕好吃？因為我每個月都會去那家咖啡店附近的醫院回診，請醫生幫我確認癌症目前進行的狀況。回程時會去那家店喝杯茶，所以知道那裡的蛋糕很好吃。」

沖晴的臉色鐵青。他的視線游移，似乎在想著如何回答京香，看起來十分令人心疼。

「我的臉有多透明呢？等到臨死之前，會完全看不見表情對嗎？現在還看得到我的表情嗎？」

京香指著自己的臉不斷提出問題，沖晴一個也沒有回答。

應該要用更溫和的方式告訴他才是；輕輕摸著他的頭，告訴他：「現在要告訴你一件有點悲傷的事，別嚇一跳喔。」這樣做應該比較好吧。

啊，不行。那麼做反而更殘酷。

「妳到底在說什麼？」

沖晴緊握的雙手微微顫抖著。

「怎麼可能……怎麼可能會這樣！」

「昨天我說過了，人類死亡不需要特別的理由，就像死神幫助你一樣，祂只是選了我而已。其實我應該早點告訴你，對不起喔。」

應該在他取回悲傷情緒之前告訴他的；或者更早之前——回到階梯鎮的那

天，如果在防波堤時沒有向他搭話或許更好。那麼沖晴就是常來舞池咖啡館的高中生，京香則是回到老家的前高中老師。一切就這麼簡單而已。

真的是這樣嗎？京香心裡同時也抱持著疑問。

「又有人要死去了。」沖晴說。

京香想要摀住耳朵。

「我覺得踊場姊對我來說很重要，但是妳也會死去。」

沖晴說出他剛剛沒說完的下半句，接著從他的右眼中流下一滴淚水。他又要再一次經歷失去了。

如同九年前失去了雙親和弟弟或妹妹一般，這次又要失去住附近的合唱團指導踊場京香。或許旁人會覺得京香過於自負，但她知道自己在沖晴心中的地位早已超越「住附近的合唱團指導」。我們本不該相遇的。這句台詞在京香腦海中閃過。別說傻話了。她又立刻自嘲地想著。

別用那種黏膩的言情小說台詞，來敘述自己和沖晴間的感覺。

就在此刻！

「等等……」

沖晴突然冒出這句話，然後說不出話，跪在地板上。他的雙膝跪在庭院的土地上，一副搖搖欲墜的樣子，喚著京香的名字，不斷地、不斷地呼喊。

「不見了！」

他大吼的聲音，令京香大吃一驚。

「不見了！看不到了！踊場姊的死期，消失了！」

「什麼？」

這次換成京香不解了。

「消失？什麼意……」

「好恐怖。」

沖晴眨著眼。他落著兩行淚水，全身不斷顫抖著，他說好「恐怖」。

「我好害怕，好恐怖！」

他原先失去的情緒，死神取走的、原屬於他的、最後一個情緒。

「沖晴君、沖晴君，冷靜一點。」京香衝向沖晴抓住他的肩膀。

「消失了是什麼意思？我的死期不見了嗎？」

不對。過去也曾發生過相同經驗。取回「厭惡」、「憤怒」、「悲傷」時，經歷了三次。每當取回情緒，沖晴就會失去一個過人的能力。

昨天他才剛取回「悲傷」情緒而已，會在這時間點取回「恐懼」嗎？偏偏又選在這個時間點。

他說覺得京香很重要。看見重要的人的死期後，然後喪失其能力，進而取回「恐懼」。這種事情真的會發生嗎？死神居然和他開了如此殘酷的玩笑嗎？

而且，沖晴現在並沒有提起有關大海嘯的事，也沒有發生任何有關於那場災難的事，只是京香說著自己的剩餘壽命而已。

為什麼會這樣？那之前的法則、規定又是怎麼一回事？

開什麼玩笑！京香想對無形的死神怒吼。有這麼過分的事嗎？就算是死神，也不允許如此恣意妄為！

開什麼玩笑啊！真的是太過分了。

「為什麼……」

沖晴的手邊哭邊抓著地面，又用手擦去眼淚，臉上沾滿了泥土。

「為什麼、為什麼！我不懂為什麼在這個時候還給我！我不想要！我不想要拿回來啊！」

他看向海面，怒視著那片奪走他許多事物的海洋。

「有人拜託你還回來嗎！？」

沖晴心中的死神，一定是、永遠是大海。儘管和故鄉那片海洋的模樣不同，對他而言依然是死神。

「最討厭了！」

京香思考著如何回應沖晴從喉嚨深處吶喊的聲音，她賭上自己的人生尋找著，儘管這個人生仍未滿三十年。

「我討厭這一切！」

在京香找到答案前，沖晴率先丟下這句話。「最討厭了！」他咒罵著。他詛咒著自己生存的世界、自己活下來這件事、接下來可能發生在自己身上的幸或不幸……可能發生的各種事情。

✦

「京香，妳在聽嗎？」

京香聽到外祖母的聲音猛地抬頭，突然想起自己正坐在家中客廳的沙發上。

「抱歉，妳說什麼？」

京香轉頭看向廚房，看見外祖母手上拿著梨子。

「我買了梨子，想問妳要直接吃，還是做成糖漬水果？」

「啊、嗯……都可以啊。」

外祖母一臉早就料到妳會這麼說的表情，聳了聳肩膀。

「不知道沖晴會選哪一種？」

外祖母打算送飯去給沖晴，就像昨晚一樣。京香語帶悔恨地對她說：

「外婆，我跟沖晴坦承我罹癌的事了。」

京香再三猶豫後，還是說了實話。

「沖晴怎麼說？」

外祖母依舊看著梨子，表情沒有變化。

「他似乎受到頗大打擊，所以我在想，這陣子是否讓他一個人靜一靜比較好。」

今早沖晴大叫完「最討厭了」後，就這樣躲回房間裡。雖然房間沒有上鎖，但京香明白感受到他拒自己於千里之外。

「儘管如此，肚子一樣會餓吧？必須送食物給他，我去也行喔。」

昨天冬馬來到階梯鎮的事、京香從學校帶回沖晴的事、在沖晴家過夜的事、一回到家就呆坐在客廳的事，外祖母絲毫沒有問起任何一件事。

「果然還是會傷心啊。」

京香明明沒說清楚傷心什麼，外祖母卻贊同地回答「那是當然」。

「我害他大哭一場了，哭得很慘呢。我還以為他會就此崩潰，眼淚簡直停不下來。」

「我想也是啊。」

外祖母拿刀削著梨子的皮，同意地說。

「真的會傷心啊。」

「那還用說。」

「可是妳知道我罹癌時、還有知道我時日無多時都沒有哭啊。」

「妳外公和妳媽媽過世時我也一樣沒哭。等妳死後，我有的是時間哭，現在就先不哭了。」

京香不知道該怎麼回覆她。如果不是因為沖晴，在這裡哭到崩潰的人應該就是京香了。

母親過世後，外祖母曾經哭過嗎？京香沒什麼記憶。外婆因為葬禮等事忙得不可開交，就連京香自己也沒時間哭泣。而且，葬禮本身就是一件奇怪的事情，明明最悲傷、最難受的人是家屬和親戚，卻必須打起十二萬分精神來處理這些瑣事。

京香不在家時，外婆應該獨自默默哭泣著吧。

「有時候，會分不清楚自己到底是害怕還是悲傷。」

因為京香沒有哭泣，所以外祖母不得不一個人躲起來哭吧。

「昨天也是，在文化祭節目開始之前，我在沖晴面前哭了。我果然還是怕死的，但是像這樣在家裡生活，就覺得自己不畏懼死亡，也不感到悲傷，到最後，還是搞不懂自己究竟為何而哭。」

廚房傳來切梨子的聲音，外婆正將富含水分的梨子切成塊。

「覺得悲傷時再去難過，覺得恐懼時再去害怕，其他時候就開心度日就行了。」

嚓嚓、嚓嚓。

想起來了，母親過世時，外祖母也是這麼說的。

「妳說得對，就這麼辦。」

京香跳下沙發，快步走向廚房。「我想吃糖漬水果。」京香看著外祖母切著梨子的手對她說。

「我來幫忙，要做什麼呢？」

晚餐是奶油燉菜。京香幫忙外祖母切著秋鮭、南瓜、鴻喜菇和洋蔥，一一加入鍋中時，窗外已被染成紫色。當加入許多秋季時令食材的奶油燉菜煮好時，糖漬水果也完成了。京香從冰箱裡拿出冰鎮的糖漬水果時，一股蜂蜜的香味撲鼻而來。

「我要拿去給沖晴，幫我分出兩人份來。」

外祖母在小鍋中盛入奶油燉菜，在玻璃容器中放入糖漬梨子，拿著菜餚走出後門。京香盛出大鍋中的燉菜至盤中，將法式長棍麵包切成厚片，一併端至餐桌。京香看了約五分鐘的電視後，外祖母回來了。難得看見她喘不過氣的樣子。

「他不在。」

外祖母手上拿著昨天那口芥子色琺瑯鍋。

「什麼？」

「沖晴不在家，他家也沒有開燈。我姑且先把燉菜和糖漬水果放在他家玄關了。」

妳看這個。外婆舉起琺瑯鍋。

「我過去時沒有發現這口鍋，回來時看到它放在店門口。」

外祖母在餐桌上放下鍋子，發出了咚的悶響聲，聽起來不太吉利。

最討厭了！京香想起沖晴說這句話時的表情，猛地站起來。

「我去附近找找。」

「我也去。」

京香對著正將燉菜放回鍋中的外祖母搖搖頭。

「外婆妳去沖晴家裡等，如果他回去了，馬上聯繫我。」

京香在玄關穿上好走的低跟鞋後衝出家門。外頭天色很暗，空氣有些涼意。京香衝下兩旁立著老舊街燈的樓梯，往海的方向前去。途中出現一個小型廣場，那裡放著提供民眾爬樓梯爬累時可以休息的長椅。夜風吹拂，快要枯萎的紅花迎風搖曳著。

放眼望去，樓梯上、坡道上皆不見沖晴的身影。

時逢週日，渡輪早早結束營業。末班船已開出的渡船頭，只有京香一個人。海邊鵝卵石鋪成的街道上，也沒有任何人影。

「不在這裡……」

京香還以為他會在兩人初相遇的地方——突出於海平面上的防波堤，但這裡也不見人影。她看了看手機，外祖母也沒有來電。

京香覺得自己明明很瞭解沖晴，但她卻想不到沖晴可能會去的地方。他又不可能去學校，也不在家，到底會去哪裡呢？

京香想起昨晚他用裁縫剪刀割腕的畫面，渾身打著冷顫。他該不會想不開，搶在自己之前結束生命吧。不可以發生這種事！正當京香走在鐵路旁的幹線道路，往階梯鎮方向前進時。

只能報警了。京香決定向警察報案，請求協尋。正當她下定決心時，背後響起鳴按喇叭的聲音。

京香回頭一看，一輛汽車停在道路旁。

「果然是妳！」

急忙從駕駛座下車的人是冬馬。

「你怎麼……」

京香開口後，又嚇了一跳。冬馬從副駕駛座拉下的人正是沖晴。

「沖晴君！」

京香衝上前去，忍不住抓著他的左手腕。隨意包紮的繃帶上仍沾著泥土。

「怎麼回事，為什麼你會和沖晴君在一起？」

冬馬瞪著看起來很痛苦的沖晴嘆了口氣。道路兩旁的街燈照在他身上形成陰影，彷彿怒氣從那些影子爆發出來。

「我開著公司車準備回大阪時，在路上遇到他。」冬馬努努下巴指著沖晴，丟出這句話。

「他說他的故鄉在北方，他要回去。我跟他說來不及搭新幹線了，他也不聽，堅持要用走的回去。我只好硬把他拉上車。」

沖晴一直低著頭，京香看不清楚他的表情，無法分辨他在生氣或是在哭泣。

「冬馬，謝謝你幫忙找到他。」

「這小子果然一聲不響地離家出走啊！」

冬馬一副拿他沒轍般地嘆著氣，還夾雜了幾聲咂舌，然後伸手輕推沖晴。

「你任性的結果，讓大家擔心了。應該先道歉吧。」
沖晴的身體動了動，但依舊一言不發。京香湊近沖晴的臉，叫著他的名字。
「你真的打算回去嗎？」
沖晴沒有回答。
「你是不是想要去找小梓？」
京香莫名地確定。沖晴沒有住處也沒有家人，現在想回去故鄉的原因，一定是——
「她之前說過，」
沖晴用細微的聲音說。
「可以跟他們一起住。」
「所以你不惜用走的，也要回去嗎？」
沖晴如孩子般地用力點著頭。從這裡要走回她的故鄉，不知道得花幾天時間呢。沖晴也應該沒有考慮到這一點吧。

「去哪都行，叫我睡在儲藏室也無所謂。我要去找一個可以永遠陪著我的人。」

他並不是想去，而是要去。他顫抖的聲音確實說出這句話。

「我想要和踊場姊在一起，但如果有一天她會消失，那我就不想繼續下去了。所以我要去找願意和我在一起的人。」

這個時候，他最先想到的人是來找過自己的童年玩伴。

那個時候明明不太搭理對方，當自己覺得寂寞時又想去倚賴對方，實在非常任性。這種人類自私、矛盾的黑暗面，也隨著他取回情緒一併回到他身上了。

「京香。」

冬馬的口氣相當急躁，感覺像心中燃起一股熊熊怒火。

「妳告訴他了？」

冬馬沒有明說什麼事，但他一定是刻意省略的。

「今天早上發生了很多事。」

「抱歉。既然妳告訴他了，那我的忍耐也到極限了。」

冬馬話一說完，就像昨晚一樣一把抓著沖晴的衣領，比京香動作還快一步，揮拳揍了沖晴。

沖晴的身體失去重心往後倒，背部撞上路旁的欄杆後倒在地上。纏繞在欄杆上的地錦受到衝擊而斷裂，幾片葉子掉在沖晴胸前。

「你鬧夠了沒！」

冬馬發自內心地怒吼著。他用手指著京香。平時他總說用手指人是不禮貌的行為，但他現在卻克制不住地用食指指著京香。

「聽好了，京香剩下的日子已經不多了！她可以在外頭恣意地散步、吃想吃的食物的時間真的只有現在了。她的時間不是用來照顧你的！」

冬馬只要不高興就會表現出來，但他不曾對人大吼，當然也不曾出手傷人；現在卻對沖晴大吼大叫，甚至對他揮拳。

「你仔細想想。你已經知道她的剩餘壽命了，用你的頭腦好好想一想！你就不能保持平常一樣的狀態嗎？就算說謊，也要打起精神和她相處，而不是讓她擔心啊！因為你會比京香長壽，比她擁有更多時間！以後有的是時間可以擺出那種悲傷的表情！」

自己得阻止冬馬繼續說下去。雖然這麼想，但京香不自覺地聽著他所說的話。京香告白自己得到乳癌時、告知他剩餘壽命時，也不曾聽見他如此大喊過；不曾聽見他說出自己的真心話。

他一定是為了自己，刻意壓下這些情緒。

欄杆發出生鏽的嘎吱聲，沖晴慢慢地站起來看著京香。

「沖晴君……」

京香從未見過他這種表情。沒有喜悅、厭惡、憤怒、悲傷及恐懼，看起來像包含了所有情緒，又像毫無情緒。他散發著極其複雜又不穩定的感覺，甚至連本人也無法分辨、無法確定自己的心情和感覺究竟為何。

欄杆再度發出搖晃聲。沖晴的胸口和肩膀上下起伏著，看起來像是過度換氣症候群，不停小喘著氣，就像在這個世界溺水一般。

「沖晴君，你還好嗎？」

京香再度貼近沖晴，沖晴往後退了退，歪著嘴巴呼吸著，點了一下頭。

「……我沒事。」

他的聲音像是遭丟棄的小狗嗚咽著，抬起頭，雙眼濕潤地咬著嘴唇看向京香。

「對不起，給你們添麻煩了。」

沖晴吸著鼻水，朝京香和冬馬低頭道歉。「非常對不起。」他用手背擦了擦鼻子，又道歉了一次。

冬馬鼻子哼了一聲，走到車旁。「先走嘍！」他只對著京香說。他的手伸向駕駛座旁的門，然後抬頭看著眼前的階梯鎮。這是京香的故鄉——這個充滿階梯和坡道，沿著山路修建階梯的城鎮。

「真是個神奇的城鎮。」

冬馬喃喃自語後打開車門。

「下次再來這裡，就是參加京香的葬禮吧。」

這話一半對京香說，另一半則是對自己說吧。冬馬語帶寂寞地說著，坐進駕駛座。車子靜靜地發動，不一會兒紅色的車尾燈便消失在兩人眼前。

下一回葬禮見。某種意義上，這次分開即是永別，這是一句代表別離的話語。幹嘛說這麼傷感的話啊。京香有對著道路遠方抱怨的衝動。甚至有一瞬間想要對冬馬大叫「等等」、「不要走」，要求他留下來。

「踊場姊，妳的表情很悲傷。」

明明他自己才是一直露出悲傷表情，卻對京香這麼說。

「妳想要繼續和他在一起嗎？」

沖晴組織著話語，露出勉強的笑容。和僅擁有「喜悅」情緒時的純潔無邪的笑容不同，反而像是用笑容掩蓋自己混亂情緒的笑法。

「既然你們還深愛著對方，就讓他陪妳走完最後一程吧。」

「不了，那樣的話只是徒增彼此痛苦罷了。」

京香對自己說出黏膩的言情小說台詞而皺眉，她指著通往階梯鎮的道路。

「回去吧，外婆應該在你家等著，晚飯也煮好了，今天的菜單是放了鮭魚、南瓜的燉菜還有糖漬梨子。」

京香抓起沖晴的手臂，但走在人行道途中，沖晴淡然地甩開了京香的手。沖晴的表情很平靜，一邊說著「晚上變涼了呢」，一邊爬著一層又一層的階梯和坡道。京香看著他的模樣，心裡相當擔心又害怕。

原本只有「喜悅」情緒、擁有過人能力的男孩，取回負面情緒後，立刻變回平凡、普通的高中生；一個自然而然會笑、會生氣，也會哭泣的孩子；和年齡相仿，脆弱易受傷的男孩。

京香覺得沖晴總有一天會離開這裡，今天還好有冬馬在，但下一次他極有可能去到任何人都找不到的地方。

「昨天我跟你約好了，今天也會陪你一起睡，我們一起吃糖漬梨子吧，外婆製作時我也在場，看起來很好吃喔。」

走過放有長椅的小廣場，京香看著路邊的小紅花對沖晴說。

「不用了。」

沖晴果決地搖頭。

「我一個人沒問題的。」

第六章

踊場京香施加詛咒
志津川沖晴引吭高歌

「你接下來打算怎麼辦？」

冬馬仍站在沖晴身後。沖晴心不在焉地看著海洋，呵呵地笑了。

「首先，我要好好地完成高中學業。」

「然後呢？」

「我想考大學。既然有心要考，我想試試考東京的大學。」

踊場京香的大學時期也是在東京度過的。雖說如此，單純因為這個原因就去東京未免太過衝動，不過沖晴還是想在她住過的地方生活。

「京香的外婆不是說你可以和她一起住嗎？」

「雖然魔女有提議過，但我覺得不能這麼依賴她。」京香的外祖母的確對沖晴說過，高中畢業以前可以繼續住在她家。

沖晴覺得可以陪伴失去孫女的外祖母，這樣也不錯，高中畢業後繼續一起住的話，還可以幫忙打理咖啡館生意。

「要是踊場姊知道的話一定會生氣的。」

沒錯。若沖晴真的選擇和外祖母一起生活，京香一定會對他說教。

「是嗎？那隨你了。」

冬馬沒好氣地說完便離開了。火葬儀式應該也結束了。沖晴手上沒有可得知時間的物品，所以不知道時間經過多久。聽著冬馬的腳步聲漸行漸遠，沖晴看著手中的向日葵。

然而，原本漸行漸遠的腳步聲，又變得響亮起來。

沖晴回頭後，冬馬遞給沖晴一張名片。那是公司的名片，上面寫著冬馬的名字，還草草寫了一組像是手機號碼的數字。

「如果遇到什麼困難，可以隨時打給我。」

冬馬將名片塞進沖晴手裡，轉身走遠，這次是真的離開了。

沖晴握緊手中那張小小的紙片，一直看著冬馬的背影。「啊，他就是京香愛過的人啊。」沖晴總算能體會這種感覺。京香就是喜歡他這種看似雲淡風輕，實則古道熱腸的性格吧。

向日葵繼續隨著海風搖曳。沖晴親吻著鮮豔的黃色花瓣。親完之後，他覺得十分害臊，一個人清著喉嚨掩飾自己的行為。花粉的香味使得他的鼻子發癢。

◆

適合喝熱紅茶的季節到來了。

京香的視線從茶杯冒出的蒸氣調至窗外。那些原本隨著海風搖曳鮮綠的樹木，不知不覺間染上了紅、黃、棕等顏色。風吹過樹葉的聲音也和夏天時大不相同；原本鬱鬱蒼蒼的樹葉沙沙聲，變成了略感寂寞的乾澀風聲。舞池咖啡館今天十分安靜；中午前這段平靜時光，令人覺得相當悠哉。光線透過嵌在窗戶的彩繪玻璃照進房子裡，纏繞在建築物上的地錦隨風搖曳著，兩相呼應地舞動在老舊的木地板上。京香坐在吧檯角落雙手托腮，心不在焉地看著五彩斑斕的光線照射在自己腳下。

這個空間裡吊著許多吊燈，京香感覺自己有如身處燒瓶之中。與現實隔離，時間不再流動。

沖晴不再出現的舞池咖啡館很安靜。

京香一手拿著杯子，一邊讀著手邊五張信紙上所寫的文字。這是她昨天在房間用潦草字跡所寫的信，內容已經深印於她腦海之中。她還特意使用大學畢業時，外祖母送她的鋼筆來書寫，但其實沒有必要如此慎重。

京香折好信紙放入信封，信封上已經寫好收件人的名字。她用糨糊封好信封，確認郵票面額。

咖啡館的門鈴響起，藤卷先生一如往常地帶著口袋書進到店裡。「早啊，京香。」他笑著向京香打了聲招呼，坐在吧檯席。

午餐時間快到了，常客也零零星星地到訪。京香喝完杯中的紅茶，站起身來，將信封塞進裙子口袋裡。

「京香，」

當京香打算協助外祖母烹調顧客的午餐時，外祖母忽然在吧檯上放了個紙袋。

「如果妳休息夠了，幫我把這個送去給沖晴。」

京香打開袋子查看，果不其然是便當。好一陣子沒用到的紙便當盒裡，飄出淡淡地咖哩香味。外祖母剛剛所做的咖哩香煎雞排，似乎是替沖晴做的便當菜。

「我去送嗎？」

京香不經意地皺起眉頭。「麻煩嘍。」外祖母不以為意地對她說完，又重回準備午餐作業。

「昨天我在那邊的樓梯遇見沖晴，因為他最近都不來店裡，所以我對他說：『明天我幫你做便當，記得過來拿。』結果他還是沒來。」

自文化祭後，已經隔了一個月以上，整個月來鮮少看到沖晴。季節更迭，眼看已經接近十一月。他雖然有正常上學，但沒有來參加合唱團練習。無論同班的野間同學怎麼邀請他；前部長甚至拎著他的領子想把他抓來，京香放學後也問他要不要參加練習，他仍堅持不出現。

「我送的話，他應該不會收吧？」

京香暗示著希望改由外祖母去，外祖母卻假裝聽不懂。

「怎麼啦？京香妳和那孩子吵架啦？」

藤卷先生摸著嘴邊的鬍子詢問京香；一隻手拿著外祖母泡的熱紅茶笑了笑。

「我前天有跟他聊過天。爬樓梯途中偶然遇到他，我們一起坐在廣場的長椅上聊著書籍的話題。」

話說回來，之前京香曾有耳聞，藤卷先生有時會和沖晴討論讀過的書籍。

「沖晴君看起來怎麼樣？」

「和平常一樣。他說他最近讀了夏目漱石的《夢十夜》，而且還說了很多有關第一夜百合之花的事。」

對了，的確有過。文化祭時，他也在音樂教室裡讀著《夢十夜》。

「……我知道了，我送過去。」

京香提起紙袋，外祖母交給她裝有紅茶的保溫瓶。她覺得外頭有些寒意，所以到二樓的房間取出圍巾，圍在脖子上後離開家門。

穿越許多階梯和坡道走到空地後，海風比想像中的冷多了。紗布材質的酒紅色圍巾不夠保暖，寒氣從纖維縫隙間竄了進去。

整間階梯高中正在進行午休前最後一堂課，出入口、走廊皆十分安靜。京香不能直接拿著便當去沖晴的教室找他。她爬著通往音樂教室的樓梯，心裡覺得無奈。外祖母說過：「我已經聯絡過沖晴了。」如果他想要吃便當的話，自己會來音樂教室拿。但應該不會來吧。京香心想，並伸手敲了敲音樂教室的門。

「哦——踊場，妳今天好早來啊。」

「怎麼了？」瀨戶內老師表示疑惑。京香舉著裝有便當的紙袋，老師露出理解的笑容。

「沖晴君還是沒有來參加社團活動嗎？」上週是京香最後一次看到他。

「豈止不來參加。」

瀨戶內老師一臉為難地打開抽屜拿出兩張紙。京香伸手接過確認內容後緊抿著雙唇。

京香手中的是兩張退團申請書，沖晴在上面簽了名；除了合唱團外，他也申請退出同樣由瀨戶內老師擔任顧問的志工社。退社的理由為「想要專心準備考試」。

「今天早上我一來就看到那邊的信箱裡有這兩張申請書。」

音樂準備室前面，設有即使老師不在也可以交代作業用的信箱。沖晴就是將申請書放在那個信箱裡。

「志津川確實成績突然一落千丈，教職員辦公室都在議論紛紛；既然他說要以課業為重的話，我也無法勉強他繼續留下來。」

不過……瀨戶內老師欲言又止地看著京香。

「沖晴君，現在刻意避著我呢。」

京香搶在老師說出意圖之前，先行表示自己的立場。

「踊場，生病的事，妳告訴志津川了？」

「嗯，時日無多的事也說了。」

老師沒有生氣，也不覺得驚訝。她抿著嘴角，京香知道她正克制著自己不要嘆氣。

「那個，志津川……應該喜歡妳吧？」

看著瀨戶內老師悶悶不樂的臉，京香一時間說不出話來。

京香不感到訝異。其實她心裡也隱約有感覺，她在沖晴心中有著特別的位置；同樣的，沖晴在她心中也是相當特別的存在。

「假設……假設真是如此，我就更應該對他坦承才對。」

京香覺得他對自己的「喜歡」，並非戀愛感情。嚴格來說，應該比較類似小狗倚賴母狗的感覺。凍僵的身體，急於尋找著某人的體溫。只不過當他嗚咽著、徬徨地尋找溫度之際，恰巧碰到的人是京香而已。

當京香努力說服自己那一刻起，就證明了她害怕沖晴這份情感。當她覺得開心的同時，也感受到同等分量的恐懼。

——我一個人沒問題的。

冬馬回大阪那天，沖晴說完這句話，一個人回到房子裡，然後笑著對小心翼翼跟在身後的京香道過「晚安」，便關上玄關的門。

自那天起，他便沒有再直視過京香的眼睛。

長時間的沉默讓氣氛漸漸沉重起來。京香視線四處游移，想要尋找話題時，走廊上傳來一陣腳步聲。啪嗒啪嗒地、慌張地跑進準備室。

伴隨著開門聲，進門的人是野間同學。

「野間，現在不是上課時間嗎？」

野間同學沒有回答瀨戶內老師的問題，反而快步走向京香。

「志津川君，在上課的時候……哭、哭了，那個……」

「發生什麼事了？」京香盡力安撫著講話斷斷續續的野間同學。野間同學蹙著眉，抬頭看著京香。

「沒有發生什麼事……我們只是在上國文課，大家在讀課文時，他就突然哭出來了。因為我是保健委員，所以我帶他去保健室。」

京香想像著當時教室裡的樣子，感到驚訝，腦中浮現了沖晴哭泣的模樣。

「妳為什麼來叫我？」

野間同學調整好呼吸，大大地點了一次頭。

「我現在的位置在窗戶旁邊，志津川君坐在我後面兩個位置……上課中，我看到妳走進校門，所以我在想志津川君可能是因為看到妳進門才哭的。」

野間猜測京香一定在音樂準備室，所以才趕忙過來找她。京香聽著野間同學的敘述，她發現自己右手下意識地握緊拳頭。

大家都有發現沖晴為了躲避京香而不來參加社團活動。即便如此，他仍是執意閃躲著京香。

「在保健室時我問他『要請京香老師過來嗎？』他雖然說『不用了』，但我真的覺得他最近有點怪怪的。」

京香有時會從野間同學口中得知沖晴在教室裡的樣子。像是某個時期比較常跟朋友講話，或是最近每天都有來認真地上課之類的內容。

老師決定怎麼做？野間同學的表情彷彿如此說著。京香看著手上的紙袋後，又轉身看著瀨戶內老師，朝著老師手中的沖晴退團申請書伸手。

「我去問問沖晴有關退團的事。」

老師將退團申請書交給京香，什麼也沒說。野間同學看見寫著沖晴姓名的退團申請書也很驚訝，京香和她一同離開了音樂準備室。

兩人用介於快走和小跑步之間的速度來到一樓，一打開保健室的門，保健老師便對她們說：「剛剛的孩子已經回教室了。」靠牆擺放的床鋪中，有一張床上的棉被凌亂，留有方才有人躺過的痕跡。

「不會吧？」

京香搶在疑惑的野間同學之前，查看剛才沖晴躺過的床。好不容易才發現白色枕頭上有一小塊被淚水弄濕而呈現灰色的地方。

京香用手撫過漸漸變乾的區塊，想起和沖晴同睡一床被褥的夜晚。

「野間同學，現在還是上課時間，妳回教室吧。」離開保健室，京香立刻對野間說。

「沖晴君一定沒有回教室，我在校內找找看。」

「可是……」野間同學欲言又止。她朝著反方向，口中唸唸有詞。「我明白了。」最後終於點頭同意。

「野間同學，我想問妳一件事，剛剛國文課上的內容是什麼？」

在樓梯間分開前，京香詢問野間同學。她轉過身歪著頭答道：

「夏目漱石的《夢十夜》。」

京香從一樓開始，看過二、三、四樓，也看過校舍，到處都找不到沖晴。她回到一樓查看鞋櫃，沖晴的鞋子還在裡面。

京香手上拿著外祖母交代的裝有便當的紙袋，再次爬著樓梯。

學校的樓梯走起來有種潮濕的奇妙聲音，就很像腳底貼著樓梯的感覺。忽然間，京香想起瀨戶內老師提及的，沖晴應該喜歡自己的事。「假設……假設真是如此，我就更應該對他坦承才對。」也想起自己如此冷淡地回答老師。

京香心裡明白，自己不應該再和沖晴繼續相處下去，必須和他保持距離。沖晴現在的作法是正確的，然而京香卻四處尋找著他的蹤影。

京香從四樓繼續往上爬，頂樓的門是開著的。沁寒的海風吹過來，令京香身體一顫，於是她重新圍好圍巾。

沖晴靠在高聳的欄杆旁，身體縮成一團。聽見屋頂門關上時發出笨重的聲音，他往京香的方向看了過來。

沖晴已經停止哭泣，臉上沒有笑容，也看不出厭惡、憤怒、悲傷、害怕等情緒；和他遭冬馬毆打那晚，揉合了各種情緒的複雜表情如出一轍。

「是野間同學告訴妳的吧？」

「猜對了！她來音樂準備室找我。」

沖晴訝異得皺眉。「啊——討厭。」他將額頭靠在欄杆上。

「我沒想到野間同學原來是這麼好管閒事的人。」

他的說法聽起來就像下雨了，自己卻沒帶傘；雖然覺得沮喪，卻不能責怪對方的感覺。京香能感受到他內心中的不穩定情緒。

「踊場姊為什麼這個時間來學校？離社團活動時間還早啊？」

「外婆託我拿便當來給你。」京香交出紙袋。沖晴盯著紙袋瞧。

「謝謝妳。」

沖晴露出微笑，打開紙袋確認。「今天有什麼菜呢？」他刻意裝出笑臉，坐在欄杆旁。或許他真的認為自己只要擺出這種敷衍的表情，京香就會自動離開吧。

「我說你啊，你以為這樣做，我就不再關心你了嗎？」

京香坐在沖晴身旁，故意用不中聽的說法對他說。沖晴正準備打開紙餐盒的手停了下來。

「才沒有。」

「沖晴君你真的很不會說謊，或者說你真不懂得怎麼逞強呢。」
京香說中了沖晴的心思，他轉過頭來，煩躁地看著京香，一臉悶悶不樂。
「可能是因為你之前不需要逞強吧。不習慣的事，還是少做點比較好喔。」
「就算是妳也不能這麼……」
沖晴撇開視線，看著自己落在水泥地上的影子。他嘟著嘴巴，看起來像要跺腳的樣子。
「這麼？」
京香意在捉弄沖晴，沖晴卻有如聽見令他不悅的聲音般，臉部表情僵硬，發出尖銳的聲音。
「就算是妳也不能這麼過分！我要生氣了！」
哼。沖晴鼻子哼了一聲，然後笨拙地開著便當盒，盒子裡裝著咖哩風味的香煎雞排和夾著大量蔬菜的三明治。
起初相遇時，他明明沒有這麼難以捉摸，但現在京香卻能完全親身體會他內心的波動。不知道是沖晴取回情緒的緣故，還是京香本身的問題所致。

「我知道你很在意冬馬那天說的話，現在的你反而令我更擔心。」

沖晴大口咬著三明治。咬著萵苣的清脆聲，和寒冷的頂樓格格不入，京香覺得很有趣而笑出聲來。

沖晴看了京香一眼，他嘴巴塞得滿滿的，眼神彷彿在刺探京香的心意，表情依舊悶悶不樂。

「妳才是，別來合唱團幫忙了。就像那個人說的，把時間用在自己身上比較好吧？」

明明不高興，但他還是有聽進冬馬說的話，也還關心著京香。

無論國內外，去任何想去的地方旅行；不在意金額，買任何想買的東西；吃遍所有美食；在時間允許的時間內去見所有想見的人。當人們知道自己的生命有限後，應該都會做這些事吧，回到階梯鎮之後，京香也是這麼想的。

「出乎意料的，其實辦不到呢。」

「為什麼呢？」

「我也不清楚，雖然想要重新來過，充實地使用自己剩下的時間，不過自己好像沒有接受現實呢。」

沖晴本來想再咬一口三明治，聽到此話，動作又停了下來。

「……是因為妳害怕死亡嗎？」

「文化祭那天，和你說話時哭出來，也是這個原因。」

儘管接受了、認同了，卻仍打從心底恐懼著死亡。

「所以，我和你待在一起，覺得很開心喔。」

京香伸手拿起紙袋，取出裡面的保溫瓶。她在充當杯子的瓶蓋中倒茶，喝了一口，好溫暖。寒冷的海風，更使紅茶加倍溫暖美味。

沖晴默默地看著自己咬過的三明治。

「知道我生病的事，你明明心裡不好受，不用刻意假裝自己沒事。你躲我躲得這麼明顯，反而讓大家更擔心。」

「我又不是因為妳。」

沖晴刻意冷淡的說法，惹得京香想笑。因為冷淡的口氣背後藏著滿滿的真心，隨著空氣傳達給她了。

沖晴可能也發現了吧。他停頓幾秒後又接著說：

「就算不好受，也比繼續和將死的妳在一起來得輕鬆。」

冬馬選擇和自己分手也是同樣原因。心裡的確不好受。但比起繼續相處，選擇分開，心情反而會輕鬆許多，所以決定分手。

「妳怕死嗎？」

沖晴將剩餘半份的三明治放回便當盒後詢問京香。他抱著自己的雙膝，臉埋在雙臂之間，像是保護弱小的自己不受恐懼侵擾般，緊緊地掐著自己的膝蓋。

「怕呀。」

「我害怕活著。」

京香的嘴唇抵著杯口，複誦著沖晴說的話。害怕活著、害怕活著。

……害怕、活著。

「沒問題的。」

複誦的聲音，自然而然地變成了這句話。

「害怕活著及想死，這兩者不能相提並論。覺得活著很可怕的同時，也能好好活下去。」

沖晴有過瀕死的經驗，因此更能好好珍惜生命；無論多恐怖、多辛苦都會愛惜生命。京香希望他可以這樣活下去，若非如此，自己會走不開、會擔心得無法死去。京香在心裡不斷祈禱著。

「雖然你說害怕我會死去，但可能你明天就因為交通意外而過世；又或是遭隨機殺人魔殺害之類的，你也有機會比我更早離開這個世界。因為死亡，其實比我們想像的更無處不在。」

沖晴抬起頭，露出「怎麼可能」的表情，但他沒有說出口。

「所以你即使害怕，也要好好活下去喔。」

京香說了很殘酷的話，但是這個世界上能對他說出這些話的人，只有自己。

「人類很堅強。即使重要的人過世時會感到悲傷，但肚子依然會餓、會想睡覺，然後不知不覺間就能恢復正常生活。我母親死後沒多久，我就去參加合唱大賽了。恢復正常生活後，自己才能獲得救贖；人類就是可以依靠這麼點小事便能獲救的堅強生物喔！」

京香睨視著欄杆對面那片海洋；漂浮著幾座大島的狹窄海域，船隻在這片海域上來來往往。自海洋吹過來的海風相當寒冷，但陽光照射在海面上卻是粼粼波光。光芒閃爍著、閃耀著，彷彿像在呼吸著。

「我甚至忘記自己將要死亡，每天吃著香噴噴的食物覺得很美味；看著漂亮的事物覺得很美好，還忙著照顧剛認識不久的奇妙男孩。」

沖晴正看著京香，一直盯著京香的側臉瞧。

「根本不需要做什麼偉大的事，只要每天好好生活就可以了，珍惜這個活在苦難世界的機會，如此一來就能變得更堅強。」

京香喝完冷卻的紅茶，將杯子蓋回保溫瓶並鎖緊。此時，沖晴抓住了京香的手。

「我並不想變強。我只是想和妳待在一起而已。」

沖晴的聲音微微顫抖著。不過京香心裡卻想著和對話無關的事情。好溫暖，沖晴的手好溫暖啊。京香感受著沖晴溫暖的手掌包覆著自己冰涼手指的溫度，慢慢地閉上眼睛。

「課堂中為什麼哭了呢？」

京香心裡大概知道答案，但她還是想問。

「漱石的《夢十夜》。」

過了幾秒，沖晴答道。

「第一夜，一名臨終前的女人告訴主角『請你等我一百年』，後來主角做了墓碑一直等著她的故事。」

「你之前讀過口袋書版本呢。」

「課本上也有這個故事。我之前讀的時候，只覺得這是一個等待和真愛之人重逢的美麗故事。最近在家裡反覆讀了好多、好多次，幾乎背下來了。今天上課時，老師點我起來朗讀課文，一讀到從女人墓中長出百合花那段時，」

男子經歷過漫長的等待，在他的面前開出了百合花。男子親吻那些白色花瓣，才驚覺和女子約好的一百年期限已經來臨。

「正當我唸著課文，看見妳從正門走進校園，所以哭了。」沖晴笑了笑，掩飾自己的嘆息聲。

「大家好不容易忘記文化祭時的事情了，結果因為這樣又開始疏遠我，連老師也離我遠遠的，只有野間同學過來跟我說話。」

沖晴成功地轉移了話題。真的耶，大家都會覺得很詭異吧。京香也趁機和沖晴開著玩笑。

「只要一點點就好。」

等我死了，請埋葬我。替我建立墓碑，然後在墓旁等著我。我一定會回來找你，請等我一百年。女子這麼說。男子聽從她的話語，等候著她。經歷了數不盡的日升日落，一直等候著她。

京香認為，這一定是女方對男子施加的詛咒。

「我不需要你給我絕對沒問題的證據，也不需要你裝作若無其事。在我死之前，只要讓我看到你可以好好生活的樣子，一點點就好了。」

他的人生還很長，沒辦法做出「絕對」這種承諾。所以，只要給我小小的預感就好——「在沒有我的世界裡，他一定也能獲得幸福。」

沖晴沒有回答。只是默默低著頭，一直握著京香的手。不知道經過了多久，一陣強風吹過，沖晴輕輕地吸著鼻水。

「會冷嗎？要不要借你圍巾？」京香半開玩笑地說，沖晴沒有回答。

「我知道了。」

過了一會兒，他簡短答道。他接受了京香施加在他身上的詛咒。

厭惡、憤怒、悲傷、恐懼。志津川沖晴已取回各種情緒。京香則在他身上施加詛咒，讓他可以在沒有京香的世界裡好好活下去。

午休結束後，沖晴乖乖地回到教室裡。從學校返家的路上，京香將信投進郵筒。

京香再次確認收信人處寫著「赤坂冬馬」，將信推進信箱的狹窄投遞口。

寄完信後，京香突然想到，如果冬馬搬家的話該如何是好。信件上的地址，是他們分手時，冬馬居住的公寓地址。

京香在信上寫了有關沖晴的事。包括北方大海嘯、死神的事、他擁有不可思議力量的事，以及和沖晴相遇之後，自己的轉變——鉅細靡遺地寫了一切。冬馬一定不會相信，但京香必須寫下來。她也告訴冬馬，「萬一沖晴需要你的幫忙，麻煩你助他一臂之力。」冬馬說過，下次來階梯鎮，就是京香的葬禮之時。京香刻意使用鋼筆書寫，也是因為察覺到自己的內心因為他這一番話而感到些許落寞。

希望冬馬能夠順利收到信件。京香在心裡再三祈求後，登上通往自宅的石階梯。

✦

京香夢見了合唱團大賽。那場高中三年級最後的合唱大賽。母親過世後不久，自己在東京的大型會場中演唱歌曲。自己的歌聲彷彿傳遍了世界，她確信人在天國的母親一定也能聽得見，而產生幸福的感覺。儘管自己失去了重要的人，依然可以感到幸福；儘管又寂寞、又悲傷，依然幸福。在這個世界上，幸福無所不在。

因為想法改變了，所以自己才能繼續生活在這個世界上，也因為要沖晴好好「活下去」，才會夢到合唱大賽吧。

「我知道了。是嗎……」

京香躺在床上，望著天花板喃喃自語。從天窗可見泛白的天空，京香看了看時鐘，時間差不多是早上六點。朦朧的天空，透出淡淡的金色光芒。

這幾天的清晨氣溫變得比較低，在房間裡也能感受到寒意。當京香考慮著要不要離開被窩時，天窗射下一道光，相當明亮刺眼。圍繞在窗戶四周的地錦隨風搖曳，像正在拍打著窗戶一般。呼喚著，有人呼喚著我。某人呼喚著我。

京香起身打開上下推拉式天窗探頭往外看，窗戶生鏽發出的刺耳聲加上冷風，令京香身體一顫。眼前可見海面上的大島背後，太陽正在緩緩升起。金色的光芒照出島的輪廓，水面上波光粼粼，看得出光線變化著。看起來就像整座海洋正在和京香說著話。

隱約中，京香受到了指引般，視線朝下看了看，卻看到令她驚訝的畫面。

她看到沖晴走在庭院中的石拱門對面的路上，大清早他揹著黑色背包正下著階梯。一階一階地走下磚瓦階梯。

京香大大地吸了一口氣，喉嚨深處感到一陣刺痛。

「沖晴君——」

為了現在。朝陽、天空、海洋、風呼喚著京香，就是為了此刻。或許，這是死神的意願所致。

清晨時分，京香響徹整個階梯鎮的聲音使沖晴停下腳步，他緩緩地抬頭看向京香。

「等我一下！」

京香關上窗戶跳下床，穿上厚針織衫，走出房間。接著跑下樓梯打開玄關門之後，沖晴就站在石拱門前面。

「一大清早，你要去哪裡？」

沖晴穿著冬天的制服外套，但外套下卻不是制服，身上的背包也非上學用的。

「你要去哪裡呢？」

沖晴雙手緊抓著背包肩帶，視線游移不定，似乎有難言之隱。不過，他很快就下定決心告訴京香。

「我想回去看看。」

京香無須詢問也知道目的地是哪裡。他想回去的地方，一直都是、永遠都是那個地方。

「雖然我也不知道會發生什麼事。或者說我沒有把握能夠順利抵達……有可能中途我的精神就承受不住了……」

「好。」

沖晴的眼神略帶恐懼，支支吾吾地說。京香對他點了點頭。

今天是平日喔。不去上學嗎？有做好規劃嗎？大人該說的話，京香一句也沒說，便轉身離開。

「等我十分鐘！」

京香沒等沖晴回答，再度跑回家中。她快速爬上樓梯，拿起錢包、手機和一天份的換洗衣物塞進包包裡。接著換上冬天的厚毛衣及方便活動的錐形褲，再套上長版外套。保險起見，她也圍了圍巾。

京香走下樓梯，外祖母一臉驚訝地站在客廳裡。

「怎麼回事？一大早乒乒乓乓的。」

外祖母正要開始準備早餐時段的餐點，她已穿好圍裙，白髮上夾著鳥羽髮夾。

「外婆，抱歉。我和沖晴君要出趟遠門，今天應該不回來睡。」京香快速地說完，在玄關穿上鞋跟最低的鞋子。

「等一下。」

外祖母快步走進咖啡館裡，幾秒後，她雙手拿著預先做好的甜點，統統裝進紙袋後塞進京香手中。

「可惜沒有時間泡紅茶，這些給你們帶著，肚子餓的話，可以在路上找個地方吃。」接過沉甸甸的紙袋，「謝謝外婆。」京香笑著道謝。

「路上小心喔。」

「好的。」

京香朝外祖母揮手，打開玄關門。沖晴乖乖地在石拱門下等待。

「久等了。」

沖晴本想說些什麼，京香搶先他一步走下坡道。鞋跟踩在磚瓦階梯上發出聲音，沖晴的腳步聲也緊跟在後。

「沖晴君的故鄉，有什麼好吃的東西嗎？」

京香試探性地詢問，沖晴沉默了好一陣子。她回頭看了好幾眼，沖晴都帶著夾雜困惑、不安卻又鬆了一口氣的表情，跟在京香後頭。

「應該是海膽吧。」

兩人走出階梯鎮後，沖晴終於有了答覆。

「好耶！我最喜歡吃海膽了。」

「還有鮑魚。」

「全是高級食材呢！」

「章魚跟鯖魚也很好吃。」

「現在剛好是鯖魚的產季，章魚好像也很美味呀。」

京香笑呵呵地說著，沖晴也跟著笑了。

太陽從海中的島嶼後方升起。刺眼的光線照進京香的視野，她沒有皺眉。好刺眼。儘管刺眼，卻十分溫暖。

兩人搭乘在地鐵路，準備轉乘新幹線前往東京。他們在車裡購買了咖啡，和外祖母給的點心一起享用。每當車子經過大阪、京都、名古屋時，京香都會問沖晴有沒有去過。他說這些地方他都沒去過，京香便和他分享自己記憶中的到訪經驗。

中午前抵達東京。離沖晴出生的故鄉仍十分遙遠，兩人必須在此繼續搭乘其他路線的新幹線一路向北前進。

「踊場姊，陪我到這裡就好了。」

兩人進入烏龍麵店準備吃午餐時，沖晴突然說出這句話。

位於剪票口內的烏龍麵店，午餐時刻相當忙碌。「為什麼？」坐在狹窄的座位內吃著天婦羅烏龍麵的京香，不解地問道。

「我已經順利抵達東京了，接著只要搭乘新幹線，一下子就到了。」沖晴吃著與京香同樣的烏龍麵回答道。

「哪是一下子，新幹線下車後，不是還得搭兩個小時的電車嗎？」

「可是……」

「沒關係的，新幹線的票也都買好了。」

京香咬了口蔬菜天婦羅。這碗受到現炸天婦羅的吸引所點的麵，炸物的麵衣酥脆可口，光是咀嚼就莫名使人感覺能夠積極面對一切。

「難得到東京，妳不去見見赤坂先生嗎？」

沖晴委婉地說道。感覺他話中有話，明明是他提出的建議，卻明顯表現出「希望妳別這麼做」的心思。

搭乘新幹線這一路上，他應該一直想著這件事吧。到了東京後，他也一直在等待說出來的機會。

「我不會和他見面的。」

「如果妳去找他，我想他一定會很高興的。」

「才不會。」

假設自己真的去見冬馬；假設兩人可以冷靜談談，那分開的時候，到底該用什麼表情面對呢？首先，他一定不會送京香去車站，也不可能對著遠去的電車揮手。頂多是站在家門口，平平淡淡地說聲「掰嘍」就關上門了吧。

京香在腦海裡想像著他的心思，想見面的心情便蕩然無存。

「麵要糊了，趕快吃吧！」

京香吃著烏龍麵，將咬了一口的天婦羅放進沖晴碗裡。

「吃飽一點，回家的路還長著呢。」

沖晴客氣地吃著京香給他的天婦羅，一言不發地端起碗喝光烏龍麵的湯。

約莫一個半小時後，新幹線抵達仙台，接下來要再轉乘在地鐵路。途中經過了海邊城鎮，環境靜謐且風景如畫。令人不敢相信，九年前此處曾遭受過海嘯肆虐。

太陽以和電車差不多的速度漸漸西垂。穿過山間的鐵路，看著一座座染上秋季色彩的山，睡意也逐漸來襲。京香反覆用力地眨著眼，坐在窗邊的沖晴突然「啊」了一聲。

受到驚嚇的京香，睡意頓時煙消雲散。

窗外出現了極不自然的平坦土地。夕陽照射的地方，沒有莊稼也沒有田地；不見住宅區，也看不見山丘或森林。那片土地空無一物，萬物已遭吞噬殆盡。只剩下毫無波瀾的平靜河川和鐵路平行，緩緩地流動著。

「這裡是……」

話一說完，電車駛進了隧道。周圍一片漆黑，玻璃窗上映出京香和沖晴的臉龐。電車在隧道裡行進間，他們看著彼此倒映在玻璃窗上的臉，一言不發。

電車駛出潮濕的隧道空間，周圍瞬間變得明亮。海洋映入眼簾，電車持續行駛在俯瞰海洋的高架橋上。有時可見防風林及零星的幾間住宅及旅館。高架橋下有供汽車行走的雙線車道。

「離到站剩下不到五分鐘了。」

沖晴說道。他故鄉的海，和階梯鎮的海不同。海灣中有幾座小島，而小島對面則是一望無際的海洋。真的好遼闊。這裡的海洋碧波萬頃，隨著日落，海洋染成了橘紫交錯的顏色，更顯寬廣。

電車比預期中的快到站。「奇怪？」沖晴歪頭，充滿疑惑地下了車。沁入皮膚的寒意，讓京香意識到自己真的來到了遙遠的地方。她扣好外套上所有釦子，重新圍好圍巾。

「啊，原來如此。因為車站換位置了。」

月台和車站建築也都是新建的，看樣子，沖晴記憶中的車站比這裡稍遠一些，他充滿好奇地走過剪票口。一定是有特殊原因，才導致無法在原地重建車站。

穿過異常乾淨的柏油路圓環，泥土的味道撲鼻而來，果然眼前可見一片平坦的土地。正確來說，放眼望去看不見田野、稻田、住宅區、森林、山丘等，空無一物的土地上堆著大量的泥土，大型重機械和傾倒車正在作業著。土堆造成的黑色陰影，在夕陽下更顯突兀。

遭海嘯破壞的城鎮正一點一點地重建中。京香並不清楚，這裡曾經發生過什麼事。

「以前的車站就在那附近。」

沖晴手指著的地方，目前只有土堆，揚起的塵土之大幾乎要飛到兩人面前。離開車站，兩人沿著新鋪好的寬闊的道路走向舊車站的位置。遠處那台持續忙碌的重機械，應該也幫忙修了這條路吧。

這裡九年前曾發生海嘯，京香沒什麼實際感受；儘管明白復興工程仍在進行中，但她隱約感覺到災區的生活已經恢復成與過去相同的樣子。

由於周圍空無一物，雙線車道看起來又更寬了。海洋和泥土混合的一陣風吹來，京香感覺自己的身體彷彿漂浮在空中。明明搭了新幹線又轉乘在地鐵路來到這裡，卻感受不到這裡和階梯鎮其實是同一片相連的大地。

兩人走過橋梁，這座橋也是新蓋的，橋下流動的河川水蜿蜒注入大海，位於河川和海洋分界處的水門支離破碎。仔細一看，水門附近的防波堤也像倒塌的積木般坍塌一片。

「真的發生過海嘯呢。」

京香不自覺地脫口而出既定的事實。走在一旁的沖晴也一直看著水門。

「與其一直沉浸在失去一切的感傷中，看到已經重建完成的美麗街景，反而比較開心呢。」沖晴微笑地說著。他的腦海中還殘留著災害過後那片滿目瘡痍的樣子吧。

兩人走著走著，太陽已經完全下山了，好不容易才走到城鎮的中心地區。當沖晴指著那些「以前這裡有市公所、公民館、購物中心」地方時，已新建了巴士轉運站，有大型停車場、便利商店，和好幾十家餐飲店。停車場裡也停了幾台觀光巴士。

兩人走在昏暗的步道上，往今晚預計投宿的旅館前進。路旁有一條小河川，散發出海水混合淡水的味道。路上的行人只有京香和沖晴。其實可以搭乘巴士或計程車前往旅館，但就是想要走走路。沖晴也沒有表示意見，他一樣想要散步，看看現在的街道和過去有何不同。

「我家應該就在那附近吧。」

沖晴停下腳步，指著河川的對面。他環顧四周，確認山的形狀和離海距離後，「應該在這對面。」他沒來由地笑了。

他看起來又像聳肩、又像嘆息。他手指之處，是一個大土堆。泥土整理成平台狀，上方停著一台已停止作業的挖土機。

就像休眠的生物一般，靜靜地坐鎮在那裡。人工化的、冰冷的，絲毫感覺不到人的氣息。

「如果……能有看得出來這裡曾有過房子的痕跡的話，我想可能會有許多回憶湧上心頭。現在變成這樣，就沒有什麼實際住過的感覺呢。」

即使周遭光線昏暗，京香也明白沖晴現在心情很平靜。

「每個人都很努力在重建家鄉，我不在的期間，大家真的很努力呢。」

「你也很努力啊！」京香故意沒有接著說下去。

「街道都已經翻新了呢。」

「對啊，而且他們用土堆墊高土地，住宅區也移往高處了，打造出更安全、更棒的城鎮了。」

「真是這樣那就太好了。」

沖晴應該還想多待一會兒吧。

京香心想，做好了等待的心理準備，結果他卻出人意料地邁開腳步。「我們走吧！」他對京香說。

搭乘新幹線時，兩人隨意預約的旅館，位於高處，有絕佳的風景。晚上時，如果燈火通明，應該可以從房間窗戶直接看到海洋。

京香洗完澡回到房間時，沖晴已經回來了。他坐在寬走廊旁的椅子上，看著漆黑、伸手不見五指的窗外。

「你沒有吹乾頭髮嗎？」

京香坐在沖晴對面的椅子上，發現他穿著浴衣卻一頭濕髮。「啊，我忘了。」

沖晴摸摸頭髮，露出苦笑。

「難怪我覺得有點冷。」

房間裡開著暖氣，浴衣也挺保暖的。京香利用房間附的熱水壺及茶壺泡茶，沖晴開心地雙手捧著茶杯。

「晚餐很好吃呢。」

「我沒說錯吧？海膽、鮑魚、鯖魚和章魚都很好吃！」

「我以前去過仙台，但沒來過這裡。今天能來我很開心，又吃到這麼美味的食物。」

既然沖晴之前已經看到京香的死期，表示她已經進入將死階段。或許接下來身體就會漸漸無法動彈了，像這樣出遠門、品嚐美味的食物，這或許是最後一次了。

「明天想去什麼地方呢？」

雖然什麼也看不見，但京香還是看著窗外。隱約看得見幾小時前走過的道路上，點亮車燈的車子正緩緩行進中。

「嗯——本來真的只是想來看看而已。我以前的家已經沒了，小學經過整合，現在好像也不存在了。」

「不去見小梓嗎？」

端著茶杯的沖晴突然停下動作，睜大眼睛看著京香。

「妳聯絡過她嗎？」

「沒有。不過，如果你想去找她，我今晚跟她說一聲。」

更重要的是，如果小梓知道沖晴回到故鄉，一定會想和他見面，她的父母應該也很想知道沖晴後來的行蹤。

沖晴靜靜地端起茶杯，輕輕地喝著茶，他感到有些為難，歪了好幾次頭。京香不急著聽到答案，她吃著旅館準備的小茶點，一邊看著沖晴煩惱的模樣。

「那就跟她見個面吧。」

京香吃完茶點、喝完茶之後，沖晴笑著點頭回應她。

京香立刻傳送訊息給小梓，對方驚訝得迅速回了訊息。明天放學後沒有社團活動。希望他們可以到傍晚經過的那個巴士轉運站相見。小梓的父母也表示非常希望和沖晴見一面，也邀請他們如果時間充足的話可以一起共進晚餐。

「啊，可是如果明天晚上還留在這裡，我們應該回不了家吧？」沖晴小心試探著正在回覆小梓訊息的京香。

「那就再住一晚就好啊，反正也沒什麼事。」

「這番話實在不像老師說的話，妳面前有個蹺課的學生耶。」

「沒關係啦，我已經不當老師了。」

京香呵呵笑著，回訊息給小梓。

「話說回來，小梓說我可以一起去，但會不會打擾你們啊？」

「完全不打擾。」

沖晴立刻回答。

「一點也不打擾喔。」

他又強調了一次。「我還是去吹乾頭髮吧。」說完他便走出房間。

踊場姊，跟妳說喔。

入睡前，京香聽見沖晴叫喚。她翻身轉向沖晴，昏暗中可以感覺到沖晴正看著自己。

「雖然有點突然，但妳的名字為什麼是京香啊？」京香變換姿勢仰躺著。

「真的很突然耶。」她笑著說。

「『京』這個字，是一個數字的單位。京代表一兆的一萬倍喲。」

「數字太大了，我無法想像。」

「雖然這個字也有帝都的意思，但我媽媽是用數字單位的含意為我取名。她希望我長大之後，能結交許多朋友與珍惜的對象，希望我可以過著豐富的人生。

這樣聽起來，京這個數量好像有點太大了。」

京香聽見沖晴的笑聲，伴隨著衣服摩擦的聲音，他也和京香採取相同的姿勢，看著天花板。

因為沖晴還醒著，京香以為沖晴也會解釋自己姓名的由來，結果他沒有再多說什麼。京香不知不覺地翻身背對沖晴，睡意漸濃之下，她也逐漸地進入夢鄉。

✦

京香醒來後，發現房間裡面沒有人。她起身查看，沖晴昨晚就寢使用的棉被已經疊好。他身上穿的浴衣也整齊地放在棉被上方。時間是早上七點，京香看了看房間，沒看到沖晴的衣服，行李不見了，手機、鞋子也不見蹤影。沒有留信，甚至連告知去哪裡的字條也沒有。

京香一一確認著沖晴不在自己身邊，他是自願離開的。確認這些跡象的同時，她用茶壺泡了一壺茶，慢慢地喝完。接著打開窗簾，確認外頭的樣子。

天氣晴朗，正逢秋高氣爽的時節。蔚藍色的天空萬里無雲，海洋對比天空，呈現一片淡藍色。這裡和階梯鎮完全相反，那裡一到秋天，天空會變成溫和的顏色，而海洋會變成類似群青藍的顏色。

京香遠眺海洋一陣子。秋天的陽光照在海面上形成粼粼波光，在房間也看得很清楚。

她準備更衣，穿上厚毛衣和外套，脖子上圍好圍巾，整理好行李，確認好自己沒有遺忘東西後，便離開房間。

「妳弟弟很早就出發嘍。」

住宿費入住時已經支付完畢，所以京香直接離開旅館。在玄關打掃的老闆娘叫住了她。在老闆娘眼中，可能誤會京香和沖晴是姊弟了。

「我問他是不是一個人出發，他笑著回答我說『有個想去的地方』。」

「嗯，我知道。」

「謝謝您的照顧。」京香向老闆娘道謝，離開了旅館。

好神奇，京香可以悠閒地邊走邊欣賞周圍的景色。沖晴一聲不響地離開，她也沒有覺得不安或焦慮。

上次沖晴在颱風天消失時，她當時很擔心；沖晴和小梓重逢時，她也不放心留他一個人；當他取回悲傷、恐懼情緒打算離開階梯鎮時，她覺得很害怕。

可是現在，自己的心態萬分平靜。從旅館所在的高台往下走，眼前是延伸至海濱的公路，是昨天和沖晴一起走過的路。

京香沒有多想，腳步自動朝海濱前進。

這附近應該沒有遭受海嘯侵襲。山間零星的建築和田地，都有著存在已久的風貌，和周圍的景色與氛圍融為一體。隨著腳步前進，這種感覺也越來越淡。鋪著柏油的道路煥然一新，視野也漸漸開闊。空蕩蕩的平坦土地和土堆，正一步一步地填滿整個世界。

但昨天京香看到了一個本質完全不同的事物。乾淨的護欄下，長出了一些雜草；土堆的邊角處、河畔也都染上了綠色。

沖晴家之前的所在處，也是這樣。大量的土堆圍繞四周的無機景色，正吞噬著生命力。但不知道他是否看見，土堆裡有一些綠色植物正在扎根，綠葉正拚命地向上生長。

這裡沒有人的生活氣息；感受不到熱烈活動的溫度。自己彷彿走在前往異世界的迴廊，無論如何前進，也抵達不到海濱。

不過，這裡的確正在復甦中。和京香高中時在電視畫面裡看到的樣子已截然不同。大家正在跨越困境，集結了眾多的淚水、憤怒、寂寞、煩躁感和痛苦，像是爬過了那些堆積如山的情緒，這座城鎮已變得十分平坦。空氣中有著沙塵和海洋的氣味，這裡會再度復興，重新建立起人們的日常生活。

京香一路走著，朝著海濱不斷前進著。每前進一步，潮汐的氣味便撲鼻而來，風也漸漸增強。靠近港口時，周遭的景色更煞風景。塵土飛揚，腳下踩著碎石子地，空氣也變得寒冷起來。

海邊有棟五層高的建築物，應該也遭受過海嘯波及，窗戶上沒有玻璃，遠處可見有多處外露的鋼筋。

建築物附近有港口，停著幾艘船隻，也看得到好幾艘剛捕完魚的漁船回到港口來。形形色色的大漁旗隨風飄揚，許多海鳥忙著追趕漁旗，四處飛舞。

京香無須費力便能看見沖晴站在港口的防波堤上。她朝著站在突出於海平面上的細長防波堤前端的小小背影走過去。

沖晴的背影越來越清楚。「要小心不要被海鷗撞下海喔。」當京香打算對他這麼說的瞬間，他的聲音乘風傳至京香的耳裡。

是歌聲。

是沖晴的歌聲。

他坐在防波堤上對著海面唱歌。京香憑著片段的旋律便明白他在唱什麼歌。

是那首歌；那首因北方海嘯而生的歌曲；由這個地方衍生的歌曲。

那些因為不合理的、不可抗力的原因而失去重要事物的人們，正邁開腳步迎向未來；那些遭受巨大損失的人們，正一步步建立起新生活。這是一首以死者角度撰寫出的溫暖、守護的歌。

他對著吞沒故鄉的海唱著這首歌。屬於男子高中生的沉穩低音，透明又清亮，飄散、融合在秋天的海裡、天空及風中。

京香附和著沖晴的歌聲，像是柔柔地牽起他的手一般，兩個聲音輕輕地重疊，形成完美的和音。京香一步一步地接近沖晴，他沒有回頭，他知道京香站在身後仍繼續歌唱著；心情很平靜，沒有哭泣；臉上的表情也不帶悲傷、不安、寂寞等情緒。

他冷靜地唱完整首歌。唱完歌之後，他吹著海風瞇起眼，看起來很舒服的樣子。

「我的名字，就是我父母看了這片海後決定的。」他喃喃自語，像在哼著歌。

「我出生的那天——他們看見晴朗天氣下的美麗海洋，才想到沖晴這個名字。我家的舊相簿裡，有一張海洋的照片，和我剛出生時的照片放在一起。晴朗的天空下，海面波光瀲灩，他們常常拿著照片對我說：『這就是你出生那天的海面。』」

嗯。京香回應他。看著沖晴的後腦勺，她默默地點了好幾次頭。

「不過那張照片，被海嘯沖走，已經找不到了。」京香持續點著頭，一次又一次。

「到處都有海洋。那張照片是我名字的由來，所以就是屬於我的海，到處都是。」

海洋發出聲音，像是撫摸著他的頭。防波堤下不斷傳來啪嚓啪嚓的海浪拍打聲。

「沖晴君，你一定沒問題的。」

「妳這麼覺得嗎？」

「對啊，絕對沒問題的。」

他會好好活下去；懷抱著悲傷、痛苦、憤怒等所有一切，在沒有京香的世界裡，好好地活下去。有如希望的碎片隨著海浪的聲音，傳達至京香心中。

因此，心中那個膽小的踊場京香，也悄悄探出頭來。

「機會難得，你要不要考慮和小梓一起住在這裡？那樣一定比較好。」

這麼一來，他便可以不用目睹京香的死亡。在遙遠的城鎮所發生的悲傷小事，他可以聽過就忘。他沒問題的。儘管沒問題，京香還是希望出現在他人生中的悲傷之事能越少越好。不知道為什麼，自己心中竟會產生這種奇妙的自私感。

「我要是離開踊場姊，會變得如何呢？」

沖晴回過頭仰視著京香。聲音中明明帶著些許怒氣，表情卻依舊柔和。

「妳是希望我一邊快樂地過生活，偶爾想到『啊，踊場姊已不在人世了』就好？妳打算要求我這麼做嗎？」

沖晴站起來，直視著京香的眼睛。率直的眼神直直看進她眼底。

「我會陪妳到最後一刻。一邊擔心著哪天失去妳，一邊回想著和妳共度的快樂、生氣等所有時光，擔心受怕地陪著妳走完最後那一程。」

他深吸一口氣，閉緊了嘴巴。遠處有海鷗正在鳴叫著。

「等妳死後，悲傷時，我會難過，哭得像傻瓜一樣，但是肚子會餓、口會渴，也會想睡覺；明明很難過，卻意外地可以笑著面對人群。看電視時會開心地笑出聲。不知不覺間，妳的死亡就會變成一種日常，那並非代表我已跨越傷痛，成功邁向未來，我沒那麼偉大。，而是妳的死亡已經和我的人生融合在一起。我會好好念完高中，也會去上大學。之後，我也一定會談戀愛，然後找到工作，專心致力於工作。我不確定自己會不會結婚，但我一定會過著一帆風順的快樂人生！」

沖晴放鬆了原本緊繃的嘴角，緩緩地揚起嘴角露出笑容，宛如一道柔和的光線灑在盛開的花朵一般，露出微笑。

「我會這樣活下去的。」

京香知道自己的臉頰上流下了溫暖的液體，因為沖晴一直看著自己，所以無法拭去。

「踊場姊，妳害怕死亡嗎？我接下來能為妳做些什麼呢？」

看起來頗為不安的沖晴輕輕地歪著頭。京香之前覺得自己不畏懼死亡。和沖晴相遇之後，她明白事實並非如此。和他在一起，自己也許獲得了些什麼。

「我不怕死。」

沒錯。不怕死亡。沒有理由害怕。

「只是覺得沒有未來的自己有點孤獨。原本為了拋棄未來才回到階梯鎮的，結果反倒讓自己想要擁有未來了。我想看看你成為大學生的樣子、出了社會的樣子，還有更久、更長遠未來的你，想和那樣子的你好好說說話。」

京香說完之後，終於察覺自己真心如此盼望。她總算整理好自己心中的各種情緒。沖晴消化著京香所說的話，點點頭說：「踊場姊，對不起。」看起來有些沮喪。京香立刻搖搖頭。

「不過，不是壞事喲。要是心中沒有任何感受，就這樣死去的話，反而更孤獨了不是嗎？」

自己會感受著孤獨而死去。沒有害怕，只是對留在世上的人們、對階梯鎮、對這個世界覺得遺憾，然後跟隨死神的腳步一起前往另一個世界。

京香止住了淚水。「這樣啊。」沖晴微笑著說。遠處的海鷗鳴叫著，高亢的聲音像呼喚著某人的名字，伴隨著海浪的聲音，清亮的聲音有如笑聲一般。

正是笑聲。

那是死神的、笑聲。

✦

冬馬的腳步聲漸行漸遠——之後不知道過了多久。

他站起身，深呼吸了一口氣。海風感覺就像溫暖的紅茶一般。

「踊場姊，我想我們應該搞錯了耶。」

原本以為只要發生和災難有關的事情，就會成為取回情緒的契機——暴風雨的日子掉進海裡、受了重傷、和京香說起災難當天的事情——兩人經常談論到，到最後還是不清楚究竟為何取回了「恐懼」情緒。

「我想，一定是我覺得，妳對我來說越來越重要，才會拿回恐懼情緒的。」

暴風雨中，妳到這裡來找我，我覺得很高興；受傷那天，因為妳不擔心我，所以覺得很嫉妒；妳哭泣的那天，我不知道怎麼辦才好；知道妳即將離開人世，就像自己被宣告了死期一樣。每經歷一次，妳就更重要了一些。

每一次妳變得更重要，我就取回一種情緒。取回情緒、失去方便的能力，然後留下一個很重要的人。雖然那個人已經去了很遙遠的地方。

「不過，對方是死神，要是太認真就輸了。」

沖晴高舉起手，將向日葵丟進海裡。鮮黃色的花朵，在海浪中載浮載沉地看著沖晴，然後帶著遺憾的感覺一點一點地離沖晴越來越遠。

向日葵漂流的方向上頭有積雨雲，盛夏的天空中，雲朵層層疊疊，彷彿登天的樓梯。它們似乎在遙遠的那頭，俯瞰著我們並大笑著。

沖晴抬頭看著積雨雲，吸了一口長氣。他的胸膛上下起伏，吸進的炎熱空氣與海洋的氣味擴散至全身，並且深入細胞之中。自己彷彿也和天空、海洋、雲朵融合在一起。

沖晴唱著歌，使出全身的力氣唱著歌。妳留給我許多東西，而我一面思考著自己究竟為妳做了些什麼，一面高聲歌唱。

至少，聽了這首歌，她可以安心地前往天國吧。

最終章

死神的積雨雲

沖晴呆呆地看著在舞台上演奏的樂團及反應熱烈的觀眾席。

上場門又暗又窄。這個展演空間位於地下室，空氣有些悶熱，令人喘不過氣。閃亮的燈光從舞台上照射過來，那並非自然的光線，而是人工的、具侵略性的、刺眼的光線。

沖晴撫摸著手中吉他的琴頭，轉動弦鈕開始調音，右手指尖撥動著琴弦。他的耳朵貼著琴身，聽見吉他發出清澈動聽的聲音。

「志津川，可以嗎？」

駒澤跑過來看著沖晴。他肩上的吉他反射著舞台的光線，染紅了黑色的琴身。

駒澤是大學時期一起在輕音社組團的同學，不知道為什麼，他總是會在表演開始前擔心地問沖晴「可以嗎？」、「沒事吧」。

自己看起來有這麼糟糕嗎？這麼需要人關心嗎？

「沒問題的。」

沖晴站起來，大大地伸展著身體。他動動肩胛骨，舒展因蹲姿而壓迫的胸口，喉嚨自然而然隨之放鬆。

前一個樂團的演奏結束後，觀眾席響起如雷的掌聲及歡呼聲。駒澤集合大家圍成一個圈。吉他手兼主唱駒澤、吉他手沖晴、貝斯手東山及鼓手日野。四個人肩並肩為成圓圈。「再過不久就要畢業了，大家樂在其中吧！」駒澤大喊一聲。

話雖如此，距離大學畢業還有半年以上的時間。不過，這裡就先不戳破他了。「喔！」沖晴和樂團成員高聲呼喊後，接替上一組樂團登上舞台。

舞台是藍色的，投射在舞台上的藍色燈光十分閃耀，令人彷彿置身於海洋之中。接到駒澤的暗號，沖晴開始撥動吉他弦。琴弦震動發出的聲音聽起來很舒服。沖晴進大學後才開始接觸吉他，但他很喜歡這種周圍彷彿出現氣泡的音色。小鼓和鈸的聲音迴盪在他心中。貝斯巧妙地協調了兩把吉他和鼓的聲音。

前一個樂團已經炒熱現場的氣氛了，所以觀眾的興致都很高昂。沖晴在觀眾中發現了野間紗子。雖然她看起來一副受不了這種擁擠空間的煩躁表情，但一和沖晴視線相交後，便輕輕地對他揮揮手。儘管她說自己不喜歡人多的地方，卻常常來看沖晴的演出。

在成年男性中，駒澤的聲音算是偏高的，他對著麥克風唱歌。淡藍色的光線變成了更藍的顏色。整個人彷彿沉進了深深的、沉沉的海底。

三年前，沖晴到東京就讀大學。要考哪所大學，沖晴其實考慮了很久。不知道要念教育學院未來當老師，還是應該就讀音樂大學鑽研音樂。再三思考後，最後他選擇就讀位於新宿郊區大學的建築系。

入學兩天後，沖晴逛著校園時，輕音部的學長半強迫式的邀請他，他便加入了，沒什麼特別的理由。駒澤也是同樣原因來到輕音社，自那天後，兩人便培養出不錯的關係。兩個月後，同年級的東山和日野也加入，四個人一起組成樂團。

轉眼間，大家都升上了四年級。求職活動結束，也修滿了畢業需要的學分，剩下只要完成畢業研究，就能成為社會人士了。現在的沖晴，有點像鳥兒停止揮動翅膀，正在滑翔接近地面的感覺。

不，當準備著地時，一定又會被風捲上天，再度展翅飛翔吧。歌曲進入副歌，沖晴為駒澤的歌聲和著音，一邊想著這件事。

「我還是覺得沖晴唱歌比駒澤好聽多了。」

駒澤因為晚上打工無法請假，演唱完畢後大家沒有舉行慶功宴便直接解散。沖晴和野間一起走進車站前的家庭餐廳，當點好的菜餚送上桌同時，野間如此說道。

「因為整首歌裡，你和聲的那一段最好聽了！」

數不清這是第幾次聽她這麼說了。沖晴用叉子捲著明太子義大利麵，露出苦笑。

「沒關係啦，我也不是很想當主唱。」

駒澤可能也有點在意這件事，之前偶爾會提出「是不是改讓志津川當主唱比較好？」的提議，沖晴每次都會說「才不要」。拒絕他。

「我們也沒想要成為專業樂團，畢業以前玩得開心就好。」

「畢業後就解散了嗎？」

「駒澤畢業要回老家，應該就解散了吧。」

駒澤的老家在北海道，畢業後預計要回故鄉當小學老師。東山和日野都各自在東京及千葉找到工作了，四月起，沖晴也會在東京的綜合建設公司上班。

野間同樣就讀東京的大學。她在文學系中鑽研日本文學，春天時已經取得出版社的就職機會。野間的頭髮比高中時期稍長一些，染成糖果般的淺黃色，髮尾微捲。她鄭重其事地看著沖晴。

「我原以為你畢業後會回階梯鎮呢。」

野間一邊吹涼海鮮焗飯一邊對沖晴說。她的眼睛看著拉絲的滾燙起司，眼中充滿著思鄉情緒。

「妳以為我要回去幫魔女店裡的忙？」

「嗯，沒錯。因為，那個地方……」

野間話說到一半便打住了。為了掩飾尷尬，她吃了一口降溫的焗飯。那個城鎮的確是我的歸屬，雖然只在那裡待了兩年，但他有屬於自己的家、有上學過的高中、有舞池咖啡館，還有魔女。更重要的是，那是和「她」一起生活過的地方。

「我想要一個人在階梯鎮以外的地方努力看看。錄取我的公司，主要以建造大型建築、開發車站周邊為主力業務。我覺得這樣好像也不錯。」

沖晴想要建造可以聚集大批人潮的地方、打造城鎮、製造就業機會。在準備大學考試及求職活動期間，沖晴深受這些事吸引。

「你自己一個人嗎？」

野間將湯匙放在盤子邊緣，意有所指地提問，沖晴不知道該如何回應。她的聲音透露著對沖晴滿滿的擔心。

沖晴慢慢地看向窗外。

已經到了七月，但梅雨尚未停歇。今天也是下了一整晚的雨。家庭餐廳前的道路上仍有積水。水窪反射出外頭的燈光及店前的霓虹燈，讓夜晚也覺得分外明亮。

沖晴突然想起舞池咖啡館；那個透過彩繪玻璃落在木地板上的彩色光芒；那個總是端著放有茶壺和茶杯的托盤走在店裡的她；那個總是有紅藍相間的光芒照在她纖細腳踝上的景象。

明明和東京多雨的天氣、存在感十足的閃耀霓虹燈、路上行人匆匆的景象完全不同，卻依舊回想起那些景象。

「應該也不算一個人吧。」

儘管就讀的大學不同，但和一起到東京讀書的野間也像這樣常常見面，自己並非獨自一人住在陌生的異鄉；有很多照顧、關心自己的人在。沖晴感覺自己似乎可以聽見，有個聲音在說著：「竟然說自己獨自努力著，未免太可笑了。」

✦

離開超市後，一滴水滴落在沖晴的眉間。他仰頭看著烏雲密佈的天空，重新拿好沉重的購物袋。雙手拿著滿滿的物品，背後揹著吉他盒。在降下傾盆大雨之前，沖晴加快腳步跑過馬路。幸好，距離目的地的公寓僅剩不到五分鐘的路程。

當他進入二十層樓高的公寓大廳時，柏油路上已經佈滿小水滴。搭乘電梯上到五樓，他按下眼前的門鈴，在門口喊著「我是沖晴」，門很快地打開了。

「沖晴君，謝謝你！」

陽菜穿著深藍色孕婦裝，大腹便便地開了門。她想伸手接過沖晴手上的購物袋，沖晴趕忙婉拒她，「我拿得動。」他邊說邊進門。

沖晴走進新落成兩房兩廳的房子裡，在飯桌上放下購物袋。

「不好意思，你大學已經很忙了，我還麻煩你買東西。我今天從早上開始，肚子就一直很緊，覺得很不舒服。」陽菜一邊查看購物袋裡的內容物，一邊合掌向沖晴道謝。

「沒問題的，我今天只有一堂課而已。」

「你真的幫了我一個大忙。」

陽菜從冰箱拿出麥茶，一頭紅棕色長髮綁成馬尾搖晃著。「這給你。」她在玻璃杯中倒入麥茶後遞給沖晴。

「我現在去準備晚餐，你今天也留下來吃喔。喝點麥茶，休息一下。」

陽菜邊從購物袋中取出沖晴購買的食材邊說著。她一口氣喝完剛倒的麥茶，接著打開水沖洗杯子和自己的雙手。

「我來幫忙。你要做蜂蜜香草烤雞腿吧，還有……普羅旺斯雜燴對嗎？」

「你怎麼知道？」

「看了這些食材，大概猜得到。」

「哦！果然會做家事的人就是厲害！」

陽菜呵呵笑著穿上圍裙。

「那我得趁冬馬回來之前，趕快準備好晚餐。」

「應該是妳告訴我食譜，我來做吧！」

「沒關係，我來做。剛剛才麻煩你跑腿，我也得稍微運動才行。」

「先從肉開始處理嘍！」陽菜撫摸自己的肚子，然後打開雞腿肉的包裝。

一年半前，陽菜和赤坂冬馬結婚了。大約在兩年半前，兩人因為參加共同的朋友婚禮為契機而開始交往，剛好是沖晴升上大學二年級的時候。

陽菜正在以醬油、鹽和胡椒調味雞腿肉，沖晴在她身邊切著洋蔥，看了看她沉重的肚子。

冬馬和陽菜的孩子，下個月上旬就會出生，聽說預產期是八月十日，性別是女孩子。時間真的過得很快，明明聽冬馬說陽菜懷孕，不過是前陣子的事而已，怎麼一轉眼就要出生了。

陽菜用平底鍋煎著雞腿肉的表面，接著微焦的雞腿肉撒上乾燥羅勒並塗上蜂蜜，放進烤箱之際，陽菜收到冬馬告知自己已抵達車站的訊息。窗外昏暗，正下著傾盆大雨。燉著普羅旺斯雜燴的鍋中也傳出蔬菜的清甜香味。和蜂蜜的香味混合之後，寬敞的飯廳彷彿變成了甜點店。

當陽菜利用空閒的爐灶烹煮西式蛋花湯時，玄關傳來開門聲。

「哦！沖晴你來啦。」

冬馬抱著包包出現在飯廳。沖晴坐在家裡，而陽菜正在煮晚餐的光景對他來說已是日常，他一副理所當然的樣子走進寢室。他一手拿著濕襯衫，換好家居服回到飯廳。

「今天是冬馬愛吃的菜喲，蜂蜜口味的烤雞腿。」

陽菜一邊說著「好燙」一邊將剛烤好的雞腿肉切成好入口的大小放進盤中。蜂蜜烤得脆脆的，菜刀入刀時，可以聽到切斷脆皮的聲音。

冬馬和陽菜面對面地坐在餐桌上，沖晴則是坐在冬馬旁邊。沖晴吃著自己做的普羅旺斯雜燴時想著，不知不覺中這樣的座位安排已經習慣成自然了。切成大塊的洋蔥柔軟甘甜，卻仍保有些許口感。他一面吃著晚餐，一面看著冬馬及陽菜一來一往地聊著今天一整天發生的事。

陽菜身後的架子上，擺滿了她和冬馬的合照，洋溢著新婚的感覺，最大張的照片正是他們的婚紗照，晴空之下，兩個人分別穿著白色婚紗及燕尾服站在教堂前，開心地笑著。紅、白、粉的花瓣飛舞著，彷彿聽得見祝福著他們兩人的聲音。

真不可思議。高中三年級的夏天之後——自那個人死後，不過才四年的時間，自己卻已經建立起全新的日常。自己不知不覺間，便一天一天過著當年完全無法想像的日子。

「等我洗完澡，再幫你剝桃子。」大家用完餐，整理完畢後，陽菜說完便去洗澡。沖晴在客廳漫不經心地看著電視。這段期間，沖晴也一直想著這件事，彷彿自己的意識脫離身體，從高處俯瞰著自己的身體一般。

「你在哼什麼歌？」

聽見冬馬說法，沖晴猛地抬頭。這時他才發現自己正哼著歌。

他盤腿坐在地上，抱著綠色大抱枕，放鬆得就像待在自己家，一邊用鼻子哼著歌。

「這是新歌嗎？」

在沖晴和陽菜清洗碗盤時，冬馬已經洗好澡。他躺在沙發上，用下巴努了努沖晴放在房間角落的吉他。

「啊，對的。打算在九月演出時發表的新歌。」

「是喔。」

明明是冬馬先提問的，卻給了一個不感興趣的回答。然後，他又突然改變話題。

「今年忌日你也會回去嗎？」

誰的？兩人都心照不宣。去年、前年，甚至在之前，他們都是這樣。

「會呀，我想見見魔女，前陣子打電話給她，她還說下次見面時要替我慶祝找到工作。」

「這樣啊。」

「冬馬哥要回去嗎？」

「陽菜的預產期快到了，今年先不回去了。我會買伴手禮，再幫我向京香的外婆打聲招呼。」

京香。冬馬稀鬆平常地說出她的名字，手裡拿著遙控器轉台。京香的葬禮過了一個月後，沖晴心血來潮地聯絡冬馬。「我想去參加東京的大學說明會。」沖晴告訴冬馬自己的想法。「東京的商務旅館也很貴喔。」冬馬如此回答，並讓他在自己家留宿。

當時冬馬住的是單身人士居住的一房兩廳的房子。自那之後，沖晴也叨擾冬馬許多次，無論是考試期間，或是考取後找房子時，他幾乎是半住在冬馬家了。

升上大學後，兩人偶爾會見面，冬馬會請他吃飯，或是給他一些少穿的衣服或是閒置的家電等等。

陽菜總是笑著說沖晴好像冬馬的弟弟。即使兩人結婚後，她也會邀請沖晴來家裡用餐。沖晴不清楚陽菜知道自己多少事，也不知道冬馬對她說了多少。話說回來，他甚至不知道冬馬是否跟陽菜說過任何關於京香的事。

只不過，每逢京香的忌日，冬馬一定都會回階梯鎮。京香的外祖母也覺得每年一起回來替京香掃墓的沖晴和冬馬看起來很像兄弟。「你們兩個人越長越像了。」外祖母笑著說。

嚴格來說，他們兩人的關係就如同旅伴一般。

「我真的沒問題嗎？」

沖晴將自己心中的疑惑化為言語。在旅伴面前，他可以毫不修飾地說出自己的心裡話。

沖晴在大學中和朋友一起學習，和樂團成員一起演出，確定獲得工作機會後，規劃畢業旅行，有時候也會參加志工活動。還會像這樣來冬馬家搭伙吃飯。他有時也會聯絡在故鄉就讀專業學校的童年玩伴小梓。去年夏天兩人還一起去了兩天一夜的旅遊。

雖然過著開心的生活，但自己真的沒問題嗎？總覺得好像缺了些什麼；總覺得有些傷口還沒有痊癒。

沖晴邊想邊說時，冬馬調整姿勢坐在沙發上。

「誰跟你說了這些？」

「沒有，我之前讀的小說裡，出現過這號人物。」沖晴的話半真半假。

駒澤說過、野間也說過。還有其他人也這麼說過。沖晴身邊的人，都會突然一臉擔心地、不安地看著他，然後問他：「還好嗎？」

因為自己看起來不太好，所以大家才會這麼問吧。

「什麼嘛，原來是小說。」

冬馬再次倒在沙發上，沖晴鬆口氣地對他笑著。

「踊場姊過世後，我還沒有掉過眼淚。」

冬馬依舊看著電視，沒有回答。

「葬禮那天我對你說過，我覺得悲傷時會難過，想哭的時候就會哭泣。」

自那之後已經過了四年，想哭的時機卻一直沒有到來。

「我不是沒有哭喔，我其實挺愛哭的。看感人的小說或電影，我總是止不住哭泣。還有看動物紀錄片時也覺得很感動想哭。」

自己會流眼淚，淚腺是正常的，身體裡的「悲傷」情緒依然正常運作中。

但從來沒有因為踊場京香死亡而哭過

「那有什麼關係。」

更衣間傳來吹風機的聲音，冬馬提高音量地說。

「你也說過，想難過時再難過就好。管他要花十年還是一百年時間。」一百年後我也死了吧。沖晴本來想打趣地回嘴，卻想起夏目漱石的《夢十夜》。

像小說中描寫的那樣，轉瞬間已百年……真的會有這種事嗎？

陽菜吹乾頭髮，走出更衣室。「來吃桃子吧！」她邊說邊打開冰箱門。沖晴站起身前去幫忙。

電視上正在播放夜間新聞，氣象主播說梅雨季還要持續一段時間。

大顆的雨滴落下，拍打著窗戶。

✦

沖晴看著適逢梅雨季的天空，烏雲密佈、毫無放晴的跡象，忍不住嘟囔著。放晴吧、放晴吧！他口裡叨叨唸著，雲層卻文風不動。坐在駕駛座上的專光小姐，側眼看著沖晴，刻意用開朗的聲音說：

「謝謝你今天願意跟我一起來。今天要服務的對象坐著輪椅，我還在想如果有男生可以幫忙的話就好了。」

「真的很謝謝你。」她握著廂型車的方向盤，再度笑著對沖晴表示感謝。

「不用客氣。」副駕駛座的沖晴回答道。

「今天要服務的對象是罹患大腸癌末期，七十八歲的老奶奶。她的身體已經禁不起手術，現已轉入安寧機構。」

沖晴手上的資料也寫著相同的內容。他合上資料放回包包裡，嘴裡不斷重複著「大腸癌」及「安寧機構」等詞。

專光小姐隸屬的一般社團法人「AMAYADORI」（躲雨處）臨終照護機構——簡言之，就是以需要臨終照護及護理的人為服務對象，對其提供外出支援服務的志工機構。

也就是說，帶領臨死之人到他們想去的地方，進行「最後之旅」。趁他們身體還能活動時、還能獲得外出許可時，帶他們去看想看的東西、吃想吃的美食，享受一切開心的事情。

沖晴在大學的公布欄看到了AMAYADORI招募志工的傳單。記得是去年差不多這個時候發現的。當時深受傳單上臨終照護、末期醫療等字詞吸引，於是申請加入志工。

專光小姐每個月都會找沖晴幫忙。集合當天交給他服務對象的資訊與行程，並負責在旁協助，以完成快樂的旅程。

上個月他們帶著末期癌的男性參加孫女的婚禮；春天則是帶著罹患嚴重失智症的女性一起去茨城欣賞粉蝶花。

「不過，今天真的可以嗎？天氣看起來很不好啊……」

今天服務對象的願望是想登上東京晴空塔。他們開著車行駛在高速公路上，準備前往服務對象目前居住的安寧機構。車上有AMAYADORI的工作人員專光小姐及沖晴，為了預防突發狀況而隨車的護理師，設備則準備了氧氣幫浦、吸取機、AED和點滴。雖然過去不曾發生過需要這些設備的事件，但沖晴總是抱著「或許今天會發生」的心情和專光小姐一起出門。

「好像快下雨了呢……」坐在後座的護理師多田，往前探了探身子，透過擋風玻璃看著天空。天氣預報說，下午開始有降雨機率。

「前天的天氣預報明明說會放晴的。」

專光小姐緊皺著眉頭。她也認為這種天氣是最糟糕的，這種狀況下即使上了展望台也看不到任何景象。

「昨天我也和這次的服務對象小池絹子提議過，看要不要延期。但她卻說『這次延期可能就再也去不了了』。」

「她的病況有這麼糟糕嗎？」

「決定要去晴空塔之後，好像稍微恢復了精神，但還是不太好。接下來天氣越變越熱，外出可能會更辛苦。」

這位絹子奶奶應該是覺得自己撐不過這個夏天吧。

「希望等等就放晴了。」

沖晴看著放晴機率微乎其微的天空自言自語著。

之後又在高速公路上奔馳了一小時，終於抵達絹子奶奶所在的安寧機構。機構位於略高的山丘上，視野很好。在安寧機構的工作人員帶領下，小池絹子在大廳等候AMAYADORI一行人到來。

「絹子奶奶，大家都到了喔！」

年輕的護理師對坐在輪椅上的絹子說話。專光小姐則蹲在她面前對她說：

「絹子奶奶您好，我是今天和您一起出遊的專光麻里奈。」

絹子戴著寬簷帽及圓框眼鏡，身體小小的。「小小的」指的並非身高不高或是體型瘦小，而是身上毫無肌肉，只剩下皮包骨的樣子，看得出來她的生命之火即將熄滅。

「你們好，今天麻煩你們了。」

絹子無力地垂著頭，說話聲音夾著痰音，十分沙啞。「請多指教。」沖晴趕忙自我介紹，低頭向她致意。

他們利用可動式斜坡將輪子安置在廂型車內，沖晴則坐在絹子奶奶身旁。固定好輪椅後，他們沿來時路返回東京。

車子啟動後，絹子原本斷斷續續地和沖晴搭著話，不一會兒便沒有回音。安寧機構的職員告訴沖晴「在對話途中，會突然陷入深沉睡眠」，但保險起見，他還是站起來查看絹子的情況。

吸、吐，沖晴聽見絹子細微的呼吸聲放下心，「好像睡著了。」沖晴向坐在前座的多田護理師報告。多田護理師也確認過絹子奶奶的身體狀況後，微笑著說：「等到了再叫她起來吧。」

絹子奶奶睡眠時的呼吸相當微弱，即使突然停止也不奇怪。她吸氣、吐氣時的氣息量也很少，有時還會發出悶悶的喉嚨音。

沖晴有印象。踊場京香嚥下最後一口氣時也是這個樣子。

她死去時十分安詳。臨終時像是睡著一樣，壽終正寢應該就是這樣吧。她服藥以緩和痛苦，外祖母撫摸著她的頭，沖晴握著她的左手，安詳地離開人世。

——謝謝你。

最後，依稀聽到她這麼對沖晴說；或許是沖晴的臆想也不一定。

沖晴沒有對京香的外祖母說過這件事，因為他不想聽到外祖母說「我沒聽到她這麼說」。

「謝謝。」

突然聽見這句話，沖晴用力地抬起頭，不假思索地說出「什麼？」。

「為了我這種老人家，今天，很謝謝你們。」

絹子奶奶微微睜開眼睛，眼神向著沖晴。聲音卡在喉嚨裡，好一陣子說不出話。

「……您太客氣了，我們才剛出發而已喔。」

我們一起登上晴空塔吧！沖晴又補充了一句，絹子聽見後笑了。她的嘴角淺淺揚起，眼睛笑得瞇了起來。

他們中途到休息站稍事休息，一路朝東京前進。天氣雖然晴朗，但越接近東京雲層便越來越厚。不出所料，晴空塔最高處烏雲蔽日，即使上了天望甲板什麼也看不清楚。服務人員甚至拿著「天候不佳，影響觀景視野」的看板站在售票台旁。

沖晴一面和專光小姐及多田小姐稱讚裝飾在出發口江戶切子（刻花玻璃）專題展覽很漂亮、電梯內的櫻花裝飾很美，一面前往天望甲板。當電梯門一打開時，他不由得發出「啊……」的嘆息聲。

站在鋪滿玻璃的天望甲板往外看，只看見一片純白景象。身處雲層之中，放眼望去什麼也看不見。

「哎呀，白茫茫的什麼都看不見……」

專光苦笑著說。臉上的表情寫著該怎麼辦才好。多田小姐也是一臉為難地苦惱著。

絹子奶奶一直看著霧茫茫的景色。因為沒有反應，沖晴還以為她又睡著了，不過她確實微微地睜開著眼睛，凝視著眼前的風景。

「要不要再往上看看？」

沖晴推著輪椅，傾身向絹子奶奶搭話。他一個字一個字慢慢說著，希望讓絹子奶奶聽得更清楚。

「這裡，離地面的高度約三百四十公尺，比東京鐵塔高一點。晴空塔總高度有六百三十四公尺，樓上還有一個展望台。」

上去的話，或許能從白雲的間隙中看見些許景色。聽見東京鐵塔這個詞，絹子奶奶緩緩地轉頭看著沖晴。

「是嗎？能上去那麼高的地方啊？」

絹子奶奶下車後首次開口。她的聲音很小，不仔細聽的話聽不清楚。今天天氣不好，遊客不多。沖晴費了一番工夫，總算聽懂她說什麼。

「那麻煩你帶我上去。」

聽到絹子奶奶聲音沙啞的回覆，沖晴用力點點頭。專光小姐和多田小姐一手拿著樓層指南往電梯走去，沖晴推著輪椅跟在她們身後。

她們再度搭乘電梯，登上離地四百四十五公尺的地方。可是走出電梯門後看到的景象，和剛剛一模一樣。多上升了一百公尺，雲層依舊沒有放晴。

「白茫茫的，好像天國啊。」

和站在原地目瞪口呆的沖晴等人相比，絹子奶奶倒是咯咯笑得很開心。

「弟弟呀，機會難得，你可以帶我去最高的地方嗎？」

遵從絹子奶奶的指示，沖晴推著輪椅走上天望迴廊，走道的外側圍著玻璃窗，環繞整個樓層，可以沿著走道前往最高樓層。天氣晴朗時，可以看到東京的街道及遠處的景色，而今天卻只有漫步在雲中的感覺。沖晴開始覺得自己真的登上了前往天國的階梯。最高樓層上面寫著離地四百五十一點二公尺，但因為看不到外面的景象，所以感覺不到自己站在如此高處。

「好美啊。」

絹子環顧四周後說。由於她希望能更靠近窗戶一些，沖晴便將輪椅推至離窗戶最近的位置。

「晴天時，可以看得見富士山喔。」

「好可惜喔。」沖晴對她說。絹子奶奶縮著身體搖搖頭。

「我喜歡高的地方。」

鎖好輪椅的輪子，沖晴蹲在絹子奶奶身旁，如果不這麼做，他怕會漏聽什麼重要的事情。

「東京鐵塔落成時，我也和孩子的爸一起上去過。」

孩子的爸，應該是指絹子奶奶的先生。在來的路上，聽專光小姐說，她的先生十年前因為疾病而過世，不過不清楚他們夫婦的相處模式，也不知道是否育有兒女。

專光小姐行前特地叮嚀過，千萬不要過問太多。如果過於瞭解服務對象的私事，到後來一定會很痛苦。AMAYADORI的工作就是這樣的。

「不知道有沒有賣霜淇淋？」

絹子奶奶突然說道。他看著沖晴，沙啞地又說了一次：「我想吃霜淇淋，白色的。」

「專光姊，絹子奶奶說她想吃霜淇淋。」

沖晴告知站在身後的專光小姐，她儘管露出困惑表情，仍攤開樓層指南確認。「現在是夏天，一定有賣！」晴空塔中既有咖啡廳，樓下也有大型商業購物中心，霜淇淋應該不難買。

「那，我們等等一起去吃霜淇淋吧。」

「我想我只能吃一口，剩下的給你吃喔。」

絹子奶奶說話斷斷續續的，有時還會大口喘氣，沖晴聽了輕點著頭。絹子奶奶說話很慢，彷彿時間流動的速度和沖晴不同。

沖晴突然想起階梯鎮的舞池咖啡館。那家店也是這樣，店裡的時間似乎停滯不前，彷彿與外頭的時光洪流脫了節。

「我和孩子的爸，登上晴空塔後一起吃了霜淇淋喔。他對我說：『小絹，一起吃霜淇淋吧。』」

「那……今天您本來是想去東京鐵塔，而不是來晴空塔嗎？」

她真正想去的地方，會不會是充滿先生回憶的地方？沖晴小心翼翼地詢問。絹子奶奶笑了笑。

「可是，現在晴空塔比東京鐵塔高啊。」

絹子奶奶的皮膚顏色暗沉，混濁的眼睛也無法得知她正看著何處，不過看得出來她滿滿皺紋的臉上，有著愉悅神色。

「孩子的爸過世時，我去了東京鐵塔。還去了箱根的山上。我想，去離天空近一點的地方，他一定能很——清楚地看見我。」

絹子奶奶清清喉嚨，瞇起眼睛。寵溺地看著被雲朵覆蓋的世界。

「我今天不是想來看美麗的風景，只是想來高處看看而已；只是來告訴孩子的爸，再等等我，我快要去和你相聚了。而且，我們之前也說過，總有一天要來晴空塔看看。」

絹子奶奶的先生應該還沒來得及實現約定就過世了吧。沖晴一直蹲在絹子奶奶旁邊，看著眼前的景象。自己和絹子奶奶的身影反射在厚重的玻璃上，兩人看起來像是輕盈地漂浮在雲層之間。

「弟弟，我跟你說。」絹子奶奶喚著沖晴。

「我不在乎是否會因為來這裡過度勞累而死。我寧願明天就死，也不願多活一年卻沒體驗過登上晴空塔。況且，我可以分享有趣的故事給孩子的爸聽了。」

我去過晴空塔嘍！可是天氣太差，什麼也看不見。不過很像站在雲裡面耶。真的是一片白茫茫的呢。沖晴想像絹子奶奶吃著霜淇淋，開心談論著回憶的畫面，也想像著未曾謀面的先生單手拿著霜淇淋，點頭回應她的樣子。

「這才不是我的最後旅程。我接下來還有一個待出發旅程喔。」

絹子奶奶再次呵呵笑著。不像、兩人完全不像。但為什麼沖晴會想起京香的臉。

沖晴輕輕吸了吸鼻水，站起身來。身後的專光小姐和多田小姐眼眶也紅了。

「買到霜淇淋了嗎？」沖晴急忙詢問。

踊場姊，妳現在看得見我嗎？

沖晴對著白茫茫的景色問道。本是空無一物的地方，卻隱約浮現出她的身影。沖晴想揮走她的影像，但不知道是他的心，還是他的頭腦，或是他的身體的某一處極力抗拒著。

✦

大約四年半前，沖晴和京香一起探訪故鄉。和小梓見面，和她的父母談過話，也見了小學的同學；還去掃了父母親的墓。兩人最後一起在故鄉待了四天三夜。

沖晴回到階梯鎮後，恢復正常上學，也持續參加合唱團和志工社的社團活動。課業上也開始認真學習。而京香的身體狀況，一直保持得不錯。儘管氣溫逐漸降低，海面變成冰冷的顏色，海風吹得令人臉頰刺痛，她也好好的。階梯鎮難得降雪，兩個人在舞池咖啡館前面堆了雪人。牡蠣盛產時，沖晴、京香和她的外祖母三人一起吃了火鍋。

他們一起在京香家吃過跨年蕎麥麵，吃完直接出發去神社新年參拜。

他沒對京香說自己許了什麼願，京香也沒有告訴他。

寒意漸歇，櫻花盛開。接下來春天來臨，天氣暖和之後，京香也能多少延長一些壽命吧。正當沖晴這麼想時，她的身體狀況卻每況愈下。她開始出現呼吸急促、食慾低下及咳嗽等症狀，過去用藥壓抑的病徵，開始逐漸顯現。由於她已虛弱地無法上下樓，於是將房間移至住家的一樓。

漸漸地，真的是一點一點的，症狀越來越嚴重。

梅雨季來臨時，京香說自己「喘不過氣」，就這樣臥床不起了。沖晴沒想到最後那兩個月，她的身體狀況居然會惡化得如此迅速。

京香說：「我不怕死亡。」如她所言，她接受自己日漸虛弱的身體。儘管臥床時間越來越長，她也是笑笑地說出「真傷腦筋啊」。

反倒是沖晴覺得越來越害怕。而京香卻對沖晴如此說道：

「死亡的方式沒有正確答案喲。」

那個時候，意識仍清楚地可以對話，兩人還能互開玩笑、互相嬉鬧。

「所以，沖晴君，你不用糾結喔。像是要是那時候帶我去接受治療就好，或要是那時候這麼做、那麼做就好之類的。不要在意，是我自己選擇死亡這條路的。」

「我剛剛說的話很棒對吧！」她笑著對沖晴說。結果當晚，她就將晚餐吃的食物吐個精光。自那天起，她接近死亡的腳步明顯變得越來越快。

那一天的天氣很好。藍天上有好幾朵積雨雲層層疊疊，有蟬在京香房間旁的樹木上唧唧叫著。「會不會太吵？」沖晴在她枕邊問著，她也沒有反應。睜著眼睛卻失去焦點。彷彿看著不屬於這世界的某個地方。

自京香不能進食，不知道過了幾天。幾天前，她還會一直想要喝水，後來便不再要求。即使和沖晴說著話，內容也是文不對題，睡眠時間也越來越長。協助京香在自宅迎接死亡的居家醫療團體的工作人員，那一天也不在現場。由於臨別之時即將到來，他們貼心地讓出空間，盡可能地讓親近的人陪在她身邊。

「踊場姊，天上的雲很漂亮喔！這是今年第一次看到積雨雲呢。」

沖晴用下巴指指窗外像是棉花糖的積雨雲，京香沒有反應。京香的外祖母打開房門，端著冰紅茶走進來。

「天氣很熱，我泡了檸檬茶。」

外祖母將裝有檸檬片的細長玻璃杯交給沖晴，然後坐在京香的右手邊，沖晴則坐左手邊。自從她長期臥床之後，他們總是坐在固定的位置上。

「看起來意識完全沒有恢復呢。」

沖晴靠著玻璃窗，一口氣喝了半杯檸檬茶。握著裝滿大顆冰塊的玻璃杯，沖晴的手掌感到陣陣刺痛。

「停打點滴後，已經過了五天啊。」

她的外祖母一邊撫摸著京香的頭，也輕啜一口檸檬茶。

京香的身體已無法正常處理水分及營養素，強行施打點滴也只是造成她的痛苦，所以她希望臨終之前能夠停打點滴。由於已經施打過嗎啡，所以京香將會繼續沉睡，像花朵枯萎一般死去。

「踊場姊不知道有沒有未完成的願望呢？」

沖晴轉著玻璃杯，眼睛看著京香。和去年的這個時候相比，她明顯瘦了許多。氣色也很差，沖晴不知道該用什麼顏色形容，只能說十分黯淡。

「應該沒有了吧。」

她的外祖母輕笑出聲。「那就好。」沖晴也報以笑容回應。如果京香在這個瞬間奇蹟式地恢復意識，對沖晴說出「我想見冬馬」的話，自己一定會立刻把他帶到這裡來，甚至不惜訴諸暴力。想吃的食物、想看的東西、想說的話、想問的問題，他都會用盡各種方式去幫京香帶過來。

當沖晴心裡這麼想著時，窗外持續鳴叫的蟬突然沒了聲音。彷彿讓開道路讓京香先行，沖晴突然感覺一股窒息感襲來，彷彿有人勒著他的脖子，他抬起了頭。

——謝謝你。

遠處傳來京香的聲音。

「踊場姊？」

沖晴站起身，下意識地握緊她的左手。她的手冰冷得令人分不清楚季節，從幾天前就一直是這個狀態。但有些地方改變了，這裡的生命之火已經消失了。

京香的呼吸戛然而止。

「京香。」外祖母喊著她的名字。過去曾有過好幾次呼吸突然中止的情形，每次出現，沖晴都做好了心理準備。但她總是會突然想起般又重新開始呼吸。

可是這次，無論等多久、無論怎麼呼喚她的名字、怎麼握住她的手，她也沒有重新呼吸。

沖晴以為京香死後，自己一定會崩潰呼喊；自己會抱緊屍體痛哭，直至天荒地老。

不可思議的是，自己正在微笑著。好難過、好寂寞、好痛苦。這些情緒確實存在，同時間又莫名地覺得安心。失落感和解脫感並存於自己的心中，沖晴無法定義這是何種情緒。

沖晴一直握著京香冰冷的手，無可奈何地看著她的臉。謝謝妳。永別了。一路好走。來生再見。最喜歡妳了。對不起。所有的所有合而為一，化成笑容。

不知不覺間，蟬鳴再度響起。積雨雲的輪廓比方才更為清晰。京香在母親過世時，是用何種心情看著這座城鎮的天空呢？當時的天氣是晴是陰，還是下著雨呢？早知道就問問她了。有太多太多事，當時應該問問她的。

前往東京時，是以何種心情下著階梯鎮的階梯和坡道呢？第一次獨自居住的房間、窗外的景色；大學時和冬馬初相遇時是什麼心情呢？決定成為音樂老師的那天，晚餐吃了些什麼呢？

明明不知道答案，但沖晴卻自顧自地想像那些畫面。失去母親的她，和現在的自己相同，抬頭看著天上的積雨雲；她懷裡抱著大袋子，輕快地跑過春暖花開的階梯鎮；她居住的公寓旁有平交道，時常有電車經過，而她正裝著窗簾；在飲酒聚會上，坐在身旁的冷淡同學問她「想喝些什麼？」；收到音樂老師錄取通知的那天，她在超市購買比較高級的牛肉，開心地笑了。

為什麼呢？明明沒有親眼看過，也沒有問過她細節，卻想像得出這些畫面。

雖然京香說過不要糾結，但沖晴辦不到，他口中有滿滿說不出口的後悔。

——厭惡、憤怒、悲傷、恐懼等這些負面情緒，果然必須存在。

新年參拜那天，京香對沖晴說了這些話。明明晴空萬里，京香說的話，卻像雨滴般，一滴、一滴地落在沖晴身上。

赴約之前，還有一段時間，於是沖晴先繞到輕音社的社團辦公室看看。辦公室裡面有學弟妹在，不知道是蹺課還是剛好空堂。他們正準備讓座給沖晴，他拒絕大家的好意，走到了陽台。

時間已經是七月下旬，梅雨依舊沒有停歇。沖晴每天都在盼望著放晴。就是今天吧！今天放晴嗎？但早上一起床，天空依舊烏雲密佈，大雨下個不停，濕氣很重。目前雖然還沒下雨，但天空看起來可能隨時會下大雨。

沖晴坐在陽台上的木椅上，從硬盒中取出吉他。他轉動旋鈕調好音，開始練習彈奏新曲，樂譜他已經記在腦海中了。他靠在玻璃窗邊，拿著吉他彈片輕輕地撥動著琴弦。

沖晴大約唱了兩次新歌，駒澤終於來了。「辛苦了。」駒澤坐在沖晴旁邊的椅子上。「哦！練習得很認真嘛。了不起！」他邊說邊放下自己的吉他硬盒。

沖晴以為駒澤要一起練習，但他遲遲沒有拿出吉他，也沒有和沖晴說話，只是一直滑著手機。沖晴只好繼續演奏吉他。

「我說，志津川啊。」

沖晴演奏到一個段落，駒澤突然抬起頭來。

「這首歌給你唱。」

沖晴停止彈奏，看著駒澤。

「怎麼這麼突然？」

「沒有啦，因為每次你都只有和聲，我想偶爾讓你當主唱好像也不錯。」

「不用啦，我又沒有想當主唱。」

駒澤看著沖晴的眼睛。「為什麼？」他歪著頭，露出一臉疑惑的表情。

「我是主唱，所以知道你唱歌比我好聽。但是你說不想唱，所以之前都由我來。不過都快畢業了，我想應該可以讓你唱一首。」

駒澤用一種莫名誠懇的語氣說著。沖晴不知道該用什麼態度回答。

「我這麼說可能有點孩子氣，但再過半年大學生活就要結束了，我覺得很空虛，即將和朋友分開也覺得很寂寞。可是你看起來就很豁達，儘管寂寞卻也接受現實的感覺。」

沖晴想起前幾天他在展演空間的上場門對自己說的那番話。

「我看起來很令人擔心嗎？」沖晴說道。並且繼續追問著感到意外的駒澤。

「看起來會很奇怪嗎？像情緒不健全的人嗎？你會覺得我很無情嗎？」

喜悅、厭惡、憤怒、悲傷、恐懼，這些情緒應該好好地存在身體中，應該已經都取回來了。但有時，他仍會覺得自己缺少了些什麼。

「沒有那麼誇張啦。」

駒澤笑得有點為難。然後語帶保留地說道：

「只不過，從我們認識以來，你和我們這些沒經歷過什麼大風大浪的人比起來，總覺得有些地方不太一樣。」

駒澤措辭委婉地避開了最重要的部分，沖晴聽了幾乎想要嘆氣。大學開學沒多久，駒澤曾問及有關故鄉的事，沖晴回答的是階梯鎮。

他告訴駒澤自己高中畢業前住在那裡，在那之前輾轉去過很多地方，出生地則是在北方。或許，那時駒澤聽到自己的答覆後就有這樣的想法了吧；他可能思考過沖晴以前發生過什麼事、失去過什麼。話雖如此，他卻也沒有繼續追問。

「這樣啊。」

該怎麼定義現在的情緒呢？不是高興，也不像放心。覺得很溫暖，卻又平靜，像是蠟燭閃著微光一般。比喻來說的話，感覺像是淋著雨走在路上，對方笑著拍拍你的肩膀對你說：「雖然我沒有雨傘，但可以給你長靴。」而自己一面笑著回答：「結果還是會淋濕嘛」，一面收下了長靴。

「嗯——那我來唱個一首吧。」

沖晴靠在玻璃窗邊，眼睛看著腿上的吉他。虎眼石花紋的琴身，反射出天上的流雲。

「上次展演空間的老闆也跟我說過『你來當主唱會比較受歡迎喔』。」

「哇！你好過分！你戳中了我內心最柔軟的那一塊！」

駒澤的表情像吃了酸梅一樣撇過頭去，笑得很開心。兩人倚靠的玻璃窗也因為震動而發出聲音，聽起來也像笑聲。

「駒澤，要是我說我見過死神，你信不信？」

「瞎說什麼。」他先是打趣地回答。「你說的話我就信。」駒澤的笑容未減。

沖晴對他坦承一切。完完全全的、一五一十全告訴駒澤。駒澤靜靜地聽著，沒有任何回應或附和，也沒有碰觸查看他腿上的手機。

「我聽過那首歌。」

當沖晴講到自己和京香在故鄉對著海面唱歌時，駒澤說話了。

「〈花朵盛開〉。」

「我在高中的文化祭裡也唱過喔。」沖晴說完，駒澤再度陷入沉默，見他點點頭，沖晴繼續說下去。包括京香迎接死亡的事以及之後發生的事。

「謝謝你。」

沖晴說完之後，駒澤只道了一句謝。

此時，放在褲子口袋裡的手機響了，有人來電。

從沖晴就讀的大學出發前往AMAYADORI的辦公室，步行只要大約十分鐘。不到五坪大的小空間，放了兩名工作人員的辦公桌、櫥櫃及接待處，看起來有些侷促。他們內部的員工僅有三人，每次接到工作時會對外招募人員，所以辦公室本身不大。

推開玻璃門，辦公室裡只有專光小姐一個人在。其他的工作人員應該都外出洽公了。

「專光姊，找我什麼事？」

方才的來電者正是專光小姐。電話中她沒有明說，只是對沖晴說：「我有事想跟你說，如果你剛好在學校，能不能過來一趟？」反正留在學校只是跟駒澤聊天而已。趁著天還沒下雨，沖晴小跑步著奔向辦公室。

「不好意思，突然找你過來。」

專光小姐坐在自己的辦公桌前，一見到沖晴進門便立刻站起來，並且領著沖晴坐在門旁的接待處。

「發生什麼事了？」

坐在彈性疲勞的沙發上，沖晴表示疑惑。專光小姐坐在他對面，手上拿著奶油色的紙袋。

怎麼會有這個？一看到那個袋子，沖晴覺得有隻冰涼的手觸碰著自己的內心；不帶溫度卻溫柔地安撫著他的心。

「你記得之前和我們一起去晴空塔的小池絹子嗎？」

「她過世了嗎？」

沖晴問道，他的口氣就像對蒲公英吹了一口氣般地輕柔。

死亡不是罕見的事情。在AMAYADORI幫忙的話，更是稀鬆平常。沖晴和其他工作人員提供服務的對象，正是即將臨終之人。和他們出遊，看著相同的事物、吃著相同的美食，互相交談，並且在不久的將來，他們一定會離開這個世界。

專光小姐驚訝地睜大眼睛，但立刻恢復了原狀。

「好像是上個禮拜。」

沖晴緩緩點頭。專光小姐將紙袋放在接待處的茶几上，從中拿出兩個高級桐木木盒。

「看樣子葬禮也已經結束了吧。」

「今天早上，絹子奶奶的兒子來向我們道謝。」

原來絹子奶奶有孩子啊。沖晴心想。「是喔。」沖晴不經意地說了有些失禮的話。

「絹子奶奶因為不想接受延命治療而住進了安寧機構。她的兒子小池先生因為持反對意見，所以也沒有陪她一起去晴空塔。」

沖晴腦海中浮現出冬馬的身影；想起得知京香時日無多選擇接受並和平分手

的他。不知道他當時抱持著何種心情和京香分手；而沖晴也好奇著當時京香的心情又是如何。

「不過，小池先生對我說，去過晴空塔後他們好好談過，也相互理解。奶奶過世時，他也有好好地陪她走完最後一程。」

「那真是太好了。」

那次沒有欣賞到美麗景色的旅程，富含許多意義。沖晴想起自己和絹子奶奶共食的霜淇淋滋味，露出淺淺微笑。

「這個是他的回禮，裡面是櫻桃。」

專光伸手拿取桐木盒，打開扁平的蓋子時發出咔地一聲。

有如寶石般的鮮紅櫻桃，整齊擺放於盒中。一排又一排圓潤的果實，緊密地、妥善地收納於盒子裡。

看到這個景象，沖晴確實接受絹子奶奶死亡的事實。鮮豔的櫻桃冷冰冰地排列著，看了這個，沖晴克制不住地聯想到死亡。

「絹子奶奶似乎很感謝你喔。小池先生聽見安寧機構職員的轉達，便要我轉交一盒給你。」

專光小姐蓋上盒蓋，放進紙袋中，放在沖晴面前。

「小池先生是種植櫻桃的果農，他說現在正值產季，所以很好吃。」闡述過程中，專光小姐一直維持著淡然的表情。語調也很平靜，聽起來甚至會覺得有點無情。不過這也是沒辦法的事。

如果每一位服務對象離開，她都要一一悲傷、哭泣的話，工作便做不下去了。所以，自己也不能像小孩一樣哭哭啼啼的——或許因為有此想法，他絲毫沒有想流淚的跡象。

心好痛，一直好痛。自從專光小姐提到絹子奶奶後；自從自己回答「她過世了嗎？」；自從聽到小池先生的事開始——一直好痛。好痛、好難過，克制不住的懊悔和悲傷。明明不只絹子奶奶，之前看過那麼多死期將近的人；和那麼多人一起去完成過「最後的願望」，明明遇過那麼多人。

「沖晴君，你還好嗎？」

專光小姐看著沖晴的臉，出言關心。這樣的表情，他已經看過無數次，所以立刻明白她的意思。京香也常常露出這種表情，無論是得知沖晴的秘密時，或是取回所有情緒時，甚至在她臨終前也是如此。

「我沒事。」

沖晴自然地揚起笑容。「櫻桃我就不客氣地收下了。」他伸手拿起紙袋。

「那個，沖晴君……」當他準備起身時，專光小姐叫住了他。

這個說話語氣，未免太像京香了。

「我很喜歡吃烤肉。」

專光小姐害羞地看著沖晴說道。她仔細思考著自己想說的話，語氣帶點撒嬌卻又像強烈要求。

「什麼？」

「可是我不好意思自己去吃烤肉，想吃的時候都去不成，所以，我們下次一起去吃吧！」

站著的專光小姐，雙手握得緊緊的。沖晴楞楞地想，她手裡是不是抓著什麼不能放手的東西。

沖晴無須多加思考便明白她的意思。現在的自己已經能夠理解她化中的含意了，他對這點感到高興。

「你放心，我請客。雖然沒辦法帶你去高級的地方……」專光小姐的聲音越來越小，沖晴忍俊不住。結果一笑出來就再也克制不了，他開懷大笑著。

明明覺得難過。沒錯，現在明明很難過，但自己還是笑得出來。快樂和悲傷總是並肩同行著。

「那就拜託妳嘍。」

專光小姐沒有因為他大笑生氣，反而看起來像是鬆了一口氣。

「嗯！一起去吃很多很多肉吧！」

離開AMAYADORI時，雨已經開始下了。沖晴拿著塑膠傘，走進了和野間約好的站前咖啡店。

沖晴看見了坐在窗邊的野間。他在櫃檯點了杯冰紅茶，端著杯子朝野間走去。野間用吸管喝著咖啡，看見朝自己走來的沖晴，不知為何滿臉驚訝。

「發生什麼事了？」

野間意有所指地詢問坐在對面的沖晴。

「為什麼這麼問？」

「因為你看起來沒什麼精神。」

沖晴在腳邊放下紙袋。原本想分一半櫻桃給野間，但仔細想想後還是作罷。因為要是她問起「這是哪來的？」沖晴就必須告訴她有關AMAYADORI和絹子奶奶的事。

野間不太贊成沖晴去AMAYADORI當志工。之前她就多次暗示沖晴「還是別去比較好」。

像是為什麼要特地去參與悲傷的事情？

或是為什麼要主動去想起悲傷的事情呢？

「是不是下雨了？」

沖晴看向窗外，刻意轉移話題。「真的下雨了。」野間也附和他。

「前天和昨天都放晴，我還以為梅雨季已經結束了。」

「今天的天氣預報說，梅雨季明天就會結束了。」

沖晴喝了一口裝滿冰塊的紅茶後答道。「這樣啊。」野間回應後，從椅子下的置物籃中取出一個不織布製手提袋放在桌上。

「這是給京香老師外祖母的伴手禮。請幫我轉告她，不好意思，今年沒辦法回去。」

漂亮的水藍色手提袋中裝著水羊羹。

「妳要忙畢業論文期中發表嘛，那也是沒辦法的事。」

後天就是京香的忌日。沖晴明天會搭乘新幹線離開東京，回到睽違一年的階梯鎮，當天也已經安排好要和京香的外祖母一起去掃墓。

「沖晴君，問你喔。」

野間用吸管攪動著玻璃杯中的飲料，看著沖晴提問。看他的眼神，彷彿從門的縫隙中窺探事物一般。

「你去當志工的地方是不是有人過世了？」

野間垂下視線。沖晴則是驚訝著為什麼她會知道。難道自己真的把心事全寫在臉上？

「嗯，來這裡之前，我去了趟辦公室，他們告訴我的。」

「你別去當那裡的志工了。」

沖晴刻意不看野間，野間繼續說著：

「我知道你做的事很偉大、也覺得你很了不起！可是我覺得你不適合繼續參與其中。」

「為什麼？」

看著野間的眉頭皺得越來越緊，沖晴問道。一直有人對自己說「這樣不行」、「還是別做了」，讓他覺得有點不高興。

以前他們也為此事爭吵過。

「因為，每一次你經歷某人的死亡，就會想起京香老師，這樣不是很痛苦嗎？」

激動的野間，手臂撞上桌子，玻璃杯中掀起小小的波浪，冰塊敲著玻璃杯發出聲響。

「沒關係的。」

看著在冰紅茶中旋轉的冰塊，沖晴笑了。嘴角自然地上揚。

「我到現在依然覺得，踊場姊人生最後的那段時光真的滿足嗎？會不會其實還有很多想看的事物，或是未完成的心願之類的。」

不要糾結。這是不可能的。還活在世上的人一定會糾結。要是多說些話就好了；當時陪在她身邊就好了；如果當時做了那些、做了這些就好了……當對方死亡後，這些後悔和遺憾都會轉變成「理所當然」。

「我想，這世界上沒有任何別離可以毫無後悔或遺憾，你只能消化它。可是若我能做些事來幫忙減少那些後悔及遺憾，那我辛苦點也不算什麼。」

雖然自己沒有幫母親做很多事，但她應該很高興自己臨終前能登上晴空塔。絹子奶奶的兒子，小池先生要是能夠這麼想，多少可以獲得些救贖。

「而且，我想我一定是為了防止自己忘記踊場姊，才會去那裡當志工的。我覺得自己快要忘了她已經死亡的事。

因為我現在活得挺開心的。所以我會擔心自己是不是忘記她了。」

沖晴擔心當自己跨越了正常生活這道難關，她的死亡會就此消失在他的生活中。因為害怕這種事發生，所以他選擇加入AMAYADORI。

「沒事的。儘管有些辛苦，但除此之外，我也感受到了快樂和喜悅。」

野間一言不發。原以為她正瞠目結舌地看著沖晴，結果她只是靜靜地喝著冰咖啡。

「抱歉，我太多管閒事了。」

野間喝完冰咖啡後說。沖晴沒有使用吸管，直接就口飲盡自己的冰紅茶，對野間說了聲「謝謝」。

✦

沖晴起得很早。他預計搭乘下午兩點的新幹線，十點起床就有充足的準備時間，結果卻在早上七點醒過來。天色已經亮了，沖晴躺在床上拉開窗簾，光線透進房間，他心不在焉地看著天花板。

耳邊傳來電車的聲音。他租的房子離鐵道很近，電車行進的聲音不絕於耳，但他可以接受。

因為聽起來像海浪的聲音。

聽見電車開走的聲音，他伸手從床旁邊的書櫃上拿出一本泛黃的口袋書開始閱讀。

昏暗的房間裡，沖晴讀著夏目漱石作品《夢十夜》中的第一夜故事。故事描述一名男子遵守和死去女性間的約定，為她打造墓碑，並在墓前持續等待。

讀著讀著，沖晴的睡意逐漸退去，頭腦越來越清醒，心情也變得十分平靜。這個故事不長，他又讀過許多遍，一下子就讀完了。

沖晴合上書本，下了床。他將床單和枕頭套放進洗衣機清洗，順帶打掃了房間。房間打掃乾淨、曬好衣服後，他烤了兩片吐司當早餐。清洗碗盤時，他想機會難得，也一併清理了廚房。

整理好行李放進背包裡，帶著野間寄放的水羊羹和小池先生贈送的櫻桃離開家門。

沖晴轉乘電車前往冬馬和陽菜居住的公寓。「我拿櫻桃給妳。」一路上，他傳訊給陽菜，她沒有回應。沖晴走進公寓的電梯。時間是早上十點，冬馬上班去了，陽菜應該在家才對。沖晴搭著電梯來到五樓，走出電梯後按下眼前的對講機。他和平常一樣在門外大喊「我是沖晴——」卻沒有人回應。

在門口等了好一陣子，還是沒有人來開門。

「陽菜姊——我是沖晴！」

他用力敲著黑色鋼門，依舊沒人回應。應該是趁早上天氣涼爽外出購物了吧。當沖晴心裡想著，拿出手機時。

門的另一頭傳來細微的呻吟聲。

「……陽菜姊？」

沖晴伸手去握門把手，門並沒有上鎖。他輕鬆地打開門查看門內狀況，卻看到令他震撼的景象。

陽菜粗魯脫下的鞋子散落在玄關，超市的購物袋掉在走廊上。

陽菜則抱著肚子蹲在走廊的盡頭。

「陽菜姊！」

沖晴急忙脫掉鞋子，甩掉手中的水羊羹和櫻桃衝向陽菜。她紅棕色的馬尾髮絲凌亂，全身顫抖著。

「怎、怎麼回事？」

沖晴不知道能不能碰觸陽菜，甚至不確定自己應不應該叫喚她。陽菜抬起頭看著不知所措的沖晴。

「啊……太好了，沖晴你來了……」

陽菜說完又開始呻吟著。沖晴不清楚該怎麼做。可以撫摩她的背嗎？還是該倒杯水給她呢？沖晴只能呆站一旁看著陽菜大口喘氣。

「那、那個……」

該怎麼辦才好。沖晴問不出口。

「沖晴君抱歉，我好像破水了。」

什麼是破水？為什麼會破水？沖晴環顧四周，口中喃喃有詞，然後發現陽菜下半身濕透，隱約聞到一股淡淡的腥味。

「破水是否代表要生產了……？」

陽菜的預產期是八月十日，明明還有二十幾天，怎麼會現在破水呢？

「我去了趟超市，覺得肚子越來越痛。我急忙買完東西趕回家……一進門馬上就破水了。」

「可是，好奇怪，會這麼早出生嗎？」

「雖然有點早……總之，這孩子已經迫不及待想出來了。」

陽菜撫摸著自己的孕肚，她用力咬緊牙關，臉頰的肌肉繃得很緊。

沖晴這時才發現，他手中仍緊握著手機。

「陽菜姊……我該怎麼做？可以叫救護車嗎？」明明疼痛的人不是自己，沖晴的指尖仍顫抖不已。

陽菜看著緊張的沖晴好一會兒。她持續喘著大氣，即便沖晴不曾蹲下摟著她，也沒有撫摩她的身體，她也不責怪沖晴。

「幫、幫我拿電話……打給醫院。」

沖晴從陽菜身旁的包包裡拿出手機。陽菜找到電話簿中的婦產科電話，致電之後，醫院在電話中直接告訴她接下來該做的事。

她等等就要生產了。沖晴做好心理建設。陽菜單手拿著手機，點頭回答「好的、好的」。看著面前的陽菜，沖晴開始做起深呼吸。他反覆地吸氣、吐氣，以穩定自己的呼吸。他衝向更衣室拿出毛巾，確認陽菜的包包裡確實放了皮夾、保險證和媽媽手冊——接下來他就不知道該做什麼了。

「謝謝你。」

陽菜接過沖晴手上的包包，將手機放了進去。

「那個……要叫救護車嗎？」

「不用，醫院已經幫我派車了……」

話一說完，陽菜便癱軟在地。沖晴急忙扶起她的肩膀。陽菜的身體好燙。

「哈哈，你的手好冰喔。是不是嚇到了。」

「麻煩你，」她將下巴靠在沖晴肩膀上說道。

「幫我跟冬馬說一聲，我快生了。要是我在這個狀態下跟他聯絡，他一定會暈倒的。」

沖晴立刻打電話給冬馬，響了好幾十聲後切換至語音信箱，應該正在忙。沖晴努力保持冷靜地將陽菜破水，即將前往醫院的事錄成語音留言。

掛上電話同時，陽菜再度呻吟著，幾乎可說是尖叫聲了。她縮著身體，動彈不得。沖晴聽見自己牙齒打顫的聲音，他無法克制地全身顫抖著。

陽菜伸手抓住沖晴顫抖的左臂。戴著結婚戒指的手指，緊緊壓迫著沖晴的皮膚。

「沖晴君，聽好喔……你放心，人類不會這麼輕易死亡的。只要我像這樣吸氣、吐氣、吸——吐——就不會死掉！」

她雙眼通紅地看著沖晴。陽菜的瞳孔中，反射著沖晴的身影。他一臉害怕，咬著嘴唇，眼淚幾乎奪眶而出。

我不會死的，我會活得好好的。這句話一直在沖晴耳邊迴盪，而且越來越大聲。

「沖晴君，這孩子出生後，你還是要常常過來玩喔。」
陽菜的右手原本抓著沖晴的手臂，慢慢往下移動至他的手掌處，然後牽起他的手，用自己的體溫暖和著他冰冷的手指。
「出社會之後，一定會越來越辛苦。但偶爾來我們家吃個飯，陪這孩子玩耍，也幫幫我的忙。冬馬雖然會向公司請育嬰假，但我想他還是會忙於工作。況且，你絕對比他細心，所以幫幫我！我需要你的幫助……啊——好痛、好痛啊！」
陽菜右手的力道大到幾乎要扭斷沖晴的手指。但沖晴聽著她痛苦的悲鳴聲，一點也不覺得疼痛。
沖晴輕撫著陽菜的背，等待救護車到來。等待期間，他一直在祈禱，希望能在陽菜的呻吟及悲鳴聲中，盡快聽見高亢尖銳的警笛聲。
沖晴坐在產房前方走廊的沙發上，看著自己的指尖。人造皮革沙發坐起來有些冰涼，明明外面那麼地……奇怪？外頭氣溫是冷或熱？天氣是晴或雨……這些他完全想不起來。

然而，強烈的陽光透過窗戶照射進來，但走廊依舊很冷。

救護車抵達醫院後，陽菜直接被推進產房。熟識的護理師對陽菜說：「比預產期早了一些，我想妳一定很驚訝，但已經沒事嘍。」護理師一說完，陽菜的表情便緩和許多。

陽菜一進產房，早退的冬馬便趕到了醫院，他也一同進入產房陪著陽菜生產。

沖晴一直在走廊上等待。雖然他早知道自己跟來醫院也起不了作用，結果到了現場真的派不上用場，但也沒法直接離開。他想起自己今天本來要回階梯鎮，卻已經錯過新幹線的出發時間。

左手臂上還留著陽菜的握痕及指甲痕。撫摸著泛紅的皮膚，才發現自己的手指仍在顫抖著。

自己在害怕什麼呢？擔心冬馬和陽菜的孩子能否順利出生嗎？擔心陽菜的身體嗎？

還是覺得無能為力的自己太不中用了？

沖晴聽見悲鳴聲。聲音來源不是陽菜，而是隔壁產房的女性。其他產房也傳出了抽泣的聲音。

接著，陽菜和冬馬所在的產房也傳出了聲音。呻吟聲、悲鳴聲加上懇求聲，讓聽的人也覺得倍感折磨。接二連三地、一波又一波，加壓在沖晴身上。

沖晴閉上眼睛，用手掌用力壓著陽菜的指痕。

沖晴親眼見到京香死亡的過程。平靜的死亡，就像燈火熄滅一般，一點都不可怕。當時沖晴感覺自己像在欣賞著燈火熄滅的餘溫。

為什麼新生命誕生會這麼可怕呢？沖晴抱頭苦惱著。

「……踊場姊。」

沖晴喚著京香的名字。好恐怖啊。救救我吧。他幾乎要大叫出聲。

「厭惡、憤怒、悲傷、恐懼，這些情緒都是為了我好才存在的吧。」

那是什麼時候的事呢？記得是京香還能外出的時候。想起來了！新年參拜的那一天，在京香家吃完跨年蕎麥麵，過了零點後，兩人一起去神社新年參拜。京香的外祖母因為怕冷，所以留在家裡。

參拜結束後，沖晴打算詢問京香許了什麼願，然而卻沒有問出口。

京香卻對他說了這番話。

「厭惡、憤怒、悲傷、恐懼等這些負面情緒，果然必須存在。」

踩著一階又一階的石階梯，京香笑著說。她每次說話，口中就會散發白色的氣體。沖晴一直看著這個畫面。

「厭惡、憤怒、悲傷或恐懼這些情緒，是為了揮別過去痛苦的經驗；為了跨越眼前的困難；為了迴避未來可能會發生的苦楚。人類正因為擁有這些情緒，才能好好地活在過去、現在和未來喔。」

沖晴問她為什麼突然想說這些，她回答：

「在神社許願，讓我回憶起很多事情。」最後沖晴還是沒能問出「很多事情」的內容。

沖晴聽見哭泣的聲音。不是悲鳴也非呻吟聲。「哭泣聲」打斷了沖晴的回憶。他猛一抬頭，發現陽菜隔壁的產房傳來了嬰兒哭聲。

哇、哇、哇——小小的身體用盡全力哭泣著。

過沒多久，另一間產房也響起新生命的哭聲。熱烈的聲音，迴盪在冰冷的走廊上。

沖晴站起來，定睛看著聲音來源。在自己的身邊，有兩個新生命誕生了。十四年前——大海嘯席捲那一天，在近距離見過許多人死亡的沖晴身邊，誕生了新生命。

陽菜的產房裡，傳出了一記響亮的叫聲。然後聲音越來越小、消失不見，最後安靜下來。

經過一陣長長的沉默。沖晴緊盯著產房的門，眼睛眨也不眨，也不敢大口呼吸。直到覺得呼吸困難時，才淺淺地喘口氣。

下一個瞬間，門的另一頭傳出嬰兒哭聲。響亮的哭聲，像在確認自己出生的這個世界究竟有多大。

沖晴雙腿一軟，手扶著牆，大口喘著氣。身體終於想起該如何深呼吸了。

「沖晴。」

產房的門開了，汗流浹背的冬馬，領帶掛在肩膀上，雙頰通紅地走出產房。

「寶寶出生了。」

冬馬忍住眼淚笑著說。接著朝沖晴伸出手，用力抱緊他。「謝謝你啊！」他感激得對沖晴道謝。

我什麼也沒做。什麼也做不了。沖晴本想回答，卻沙啞地說不出話來。

「跟我來。」

冬馬向他招手，準備帶他進產房。「可以嗎？」沖晴好不容易擠出這句話。

「陽菜叫你進去。」冬馬拉著沖晴的手往前走。

產房裡飄著芳香精油的甜蜜香氣，和潮濕、溫暖、新鮮的氣味混在一起，卻不會令人不悅。

沖晴用消毒液消毒雙手後，請人拉開分隔用的窗簾。陽菜躺在產檯上，護理師與助產士圍繞著她，懷裡抱著嬰兒。原本皺巴巴的小臉蛋皺得更緊，依偎在陽菜身上。

「沖晴君，寶寶出生了喔……」

汗水浸濕陽菜的頭髮，她見到沖晴露出了笑容。

「這孩子好像很心急，一下子就生出來了。」

你看。陽菜讓沖晴看看嬰兒的臉。她的臉上沾著血跡，頭上長著稀疏的頭髮。粉紅色的細嫩肌膚，和沖晴的皮膚大不相同。

不過，她是人類。真的是人類的樣子。她健康地出生了，出生在這個人類注定會死去的世界上。

人常常沒來由地死去。自己只是幸運地出生、幸運地活著而已。她就這樣健康地誕生到我們的世界。

「太好了！」

看著嬰兒的臉，沖晴的表情變得柔和。

「妳要幸……」福喔。沖晴本來想這麼說，但心中突然出現了一股暖流，像是太陽穿過葉隙灑落下來一般。

「我們都要幸福喔！」

沖晴渾身顫抖著。喉嚨深處覺得滾燙，胸口裡、眼睛裡，疼痛正蔓延著。他飛奔離開產房。

本應覺得冷冰冰的走廊，卻覺得涼爽宜人。自己穿過走廊的腳步聲，響亮得令人發噱。沖晴啪嗒啪嗒地跑上一層又一層的階梯，打開通往頂樓的門。

悶熱的空氣及強烈的陽光籠罩著他的身體，他覺得自己要被太陽壓垮了。

沖晴黑壓壓的影子落在頂樓上。他靠著欄杆哭泣著，額頭抵在炙熱的欄杆上，肩膀上下起伏著放聲大哭。隨下巴滴落的淚水，染濕了他腳邊的地板。

這是何種淚水呢？我為什麼要哭呢？沖晴一邊回想剛才聽到的新生兒哭聲一邊思考著。腦海中浮出許多人的臉龐：陽菜姊、冬馬、剛出生的寶寶、魔女、野間、專光、絹子奶奶、駒澤、日野及東山、小梓及她的雙親、自己的雙親、無緣的弟妹，過去所遇見的那些人，紛紛出現在他的腦海裡。其中，踊場京香開心地笑著。「沖晴君！」她正朝沖晴揮手。

——原來如此。

因為我想起了她，所以哭泣；因為她要我「好好活著」、因為我覺得她為我指引的未來很美好，所以哭泣。

這既是悲傷的眼淚，也是無法釋懷的眼淚；既是喜悅的眼淚，也是覺得自己窩囊的眼淚。

沖晴的雙眼中，不斷流出無法用單一情緒表達的眼淚。淚水在陽光照射下，昇華至天堂。在這個沒有踊場京香的世界裡，沖晴終於可以為她流下眼淚。

——那，喜悅呢？

新年參拜那天——和京香最初也是最後的一次——沖晴詢問京香。因為她說有厭惡、憤怒、悲傷、恐懼等各種情緒，人類才能活在過去、現在和未來。卻獨缺喜悅情緒，沖晴想知道原因。

她如此回答。

——喜悅，證明了你正深愛著當下這個時刻喔。

沒錯。我真的深愛著。無論她在不在這世上、無論失去過多少事物，無論接下來要失去多少事物，我都深愛著這個世界。

沖晴吸了吸鼻水，拭去眼角的淚水，抬起了頭。天空晴朗、萬里無雲，昨天那場雨彷彿作夢一樣。沖晴頭上出現了巨大的積雨雲。純白的雲朵層層疊疊，看起來像是通往天上的階梯，或者應該說是從天而降的梯子。

「對喔！梅雨季結束了。」

哈哈哈，沖晴大笑出聲。他又吸了一次鼻水，感覺眉宇之間有些痛楚，但他也深愛這種痛楚。

「踊場姊。」

沖晴朝著積雨雲呼喊她的名字，雲朵的輪廓有點變形，看起來像笑得很開心。

「踊場姊，我有話想跟妳說。」

像是今天發生的許多事、妳離開後發生的事、難過的事、無法釋懷的事、害羞的事、難為情的事，還有煩躁的事、後悔的事、恐懼的事、辛苦的事加上開心的事等等，好想和妳分享。

妳會用什麼表情聽我說呢？

「我會好好活下去的！」

我要累積更多、更多可以和妳「分享」的事，好好地活下去。我一定會好好活下去的！

本書係以自2019年2月至8月間，連載於《小說推理》雜誌之《沖晴君與死神的積雨雲》作品加以補充及修正而成。

春日
ハルヒブンコ
文庫
138

止住沖晴君的淚
沖晴くんの涙を殺して

止住沖晴君的淚/額賀澪作；侯萱憶譯. -- 初版. -- 臺北市：春天出版國際文化有限公司, 2023.12
面； 公分. -- (春日文庫；138)
譯自：沖晴くんの涙を殺して
ISBN 978-957-741-749-7(平裝)

861.57　　112014783

ISBN 978-957-741-749-7
Printed in Taiwan

本作品：沖晴くんの涙を殺して
OKIHARUKUN NO NAMIDA O KOROSHITE

作　　者　額賀澪
封面繪圖　mocha
譯　　者　侯萱憶
總 編 輯　莊宜勳
主　　編　鍾靈

出 版 者　春天出版國際文化有限公司
地　　址　台北市大安區忠孝東路4段303號4樓之1
電　　話　02-7733-4070
傳　　真　02-7733-4069
E－mail　bookspring@bookspring.com.tw
網　　址　http://www.bookspring.com.tw
部 落 格　http://blog.pixnet.net/bookspring
郵政帳號　19705538
戶　　名　春天出版國際文化有限公司
法律顧問　蕭顯忠律師事務所
出版日期　二〇二三年十二月初版

定　　價　480元

總 經 銷　楨德圖書事業有限公司
地　　址　新北市新店區中興路二段196號8樓
電　　話　02-8919-3186
傳　　真　02-8914-5524
香港總代理　一代匯集
地　　址　九龍旺角塘尾道64號 龍駒企業大廈10 B&D室
電　　話　852-2783-8102
傳　　真　852-2396-0050